逆行した悪役令嬢は、
深窓の令嬢になります
なぜか
魔力を
失ったので

ルイ・デュトワ
デュトワ国の第一王子。王族としての行動を最優先にしており、冷静沈着で冷徹さもある。一度興味を持ったことには、とことんこだわる性格。
テオドール・カミュ
カミュ侯爵家の嫡男で、魔術師団に所属。人をからかうのが好きで、物事を面白い方向に進めたがる。精霊から懐かれやすい。
ラシェル・マルセル
マルセル侯爵家の元悪役令嬢。魔力が低い者や平民を見下すような傲慢さがあったが、逆行後は過去の自分を反省し、感謝と優しさをもって人と接するようになる。

主な登場人物

アロイス
マルセル領の聖教会に赴任している神官。常に温厚で微笑みを絶やさない。家族から常に出来が悪いと言われ続けているため、自己評価が低い。
シリル・ヴァサル
ルイと同い年の乳兄弟。常に冷静な性格で優秀な頭脳を持っており、仕事面でルイのことを補佐している。
サラ
ラシェル専属の侍女。ラシェルが本当は優しい子であることに気づいており、人から誤解されやすいことを常に心配している。

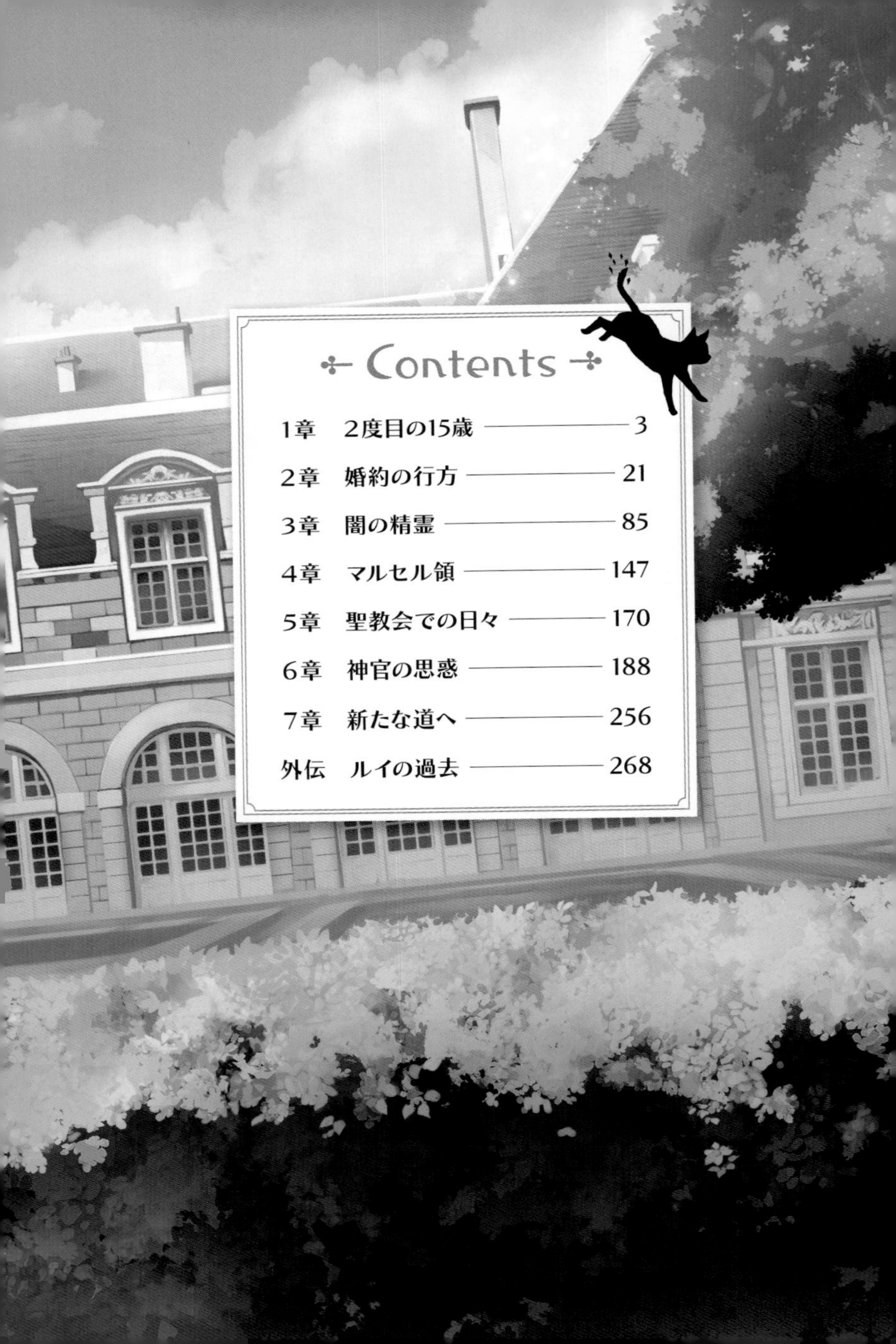

Contents

逆行した悪役令嬢は、なぜか魔力を失ったので深窓の令嬢になります

蒼伊

イラスト
RAHWIA

1章　2度目の15歳

――あぁ、なんと後悔の多い人生だったのだろう。

数多《あまた》の人を傷つけ、無関係の人間まで死に追いやってしまうとは。

――ごめんなさい、ごめんなさい、ごめんなさい
謝罪の言葉を何度も口にしても、現実は何も変わらない。絶望のみである。

目の前で今まさに真っ赤に染まり、動かない御者《ぎょしゃ》と侍女《じじょ》を、私はただ震えて見ることしかできない。首を必死に振りながら、腰が抜けた体をどうにか動かそうともがく。だが、力は全く入ってくれない。

その様子を嘲笑《あざわら》うかのように、目の前の大柄な男たちは、下品なニヤけた笑みを浮かべている。手に持つ血に染まった剣が振り上げられ、月の光によりキラリと鈍く光る。

もう駄目。嫌、嫌。

心の中で何度も助けを求めても、もちろん助けは来ない。この状況を見れば、誰でも分かるだろう。今まさに私は、死へ一直線に向かっているのだと。

流れる涙は、御者と侍女を巻き添えにしてしまったことへの後悔か。それとも、もう会うこ

とのない両親を想ってか。

いやもしかすると、あんなにも非人道的な行いをしてもなお、生への執着を見せる自分自身に対してかもしれない。

目の前の男が剣を振った瞬間、背後からドスン、と強い衝撃を受ける。その衝撃に、恐怖に震えたまま、自分の胸元へと視線を下げる。そこには、心臓に突き刺さるように体を貫いた剣。

何が起こったのか理解できないまま、後ろを振り返ろうと、体を捻《ひね》る。

——プツッ
そこで私の意識は遠のき、暗闇に支配される。と同時に理解したことがある。

今ここで、私の18年の人生は幕を閉じたのだと。

◆◇◆◇◆

そう。確かに私は死んだはずであった。だが、暗闇の中でかすかに感じる光に、瞼《まぶた》をゆっくりと開ける。

するとあまりに眩《まばゆ》い光に、目の前が真っ白になり、何が起きているのか分からぬまま、目が慣れるまで何度も瞬《まばた》きを繰り返す。

これは、どういうこと……。なぜ、私はここに。

混乱したまま周囲を見回すと、そこは侯爵家のいつもの自室のベッドであった。真っ白いシーツに柔らかい布団、大きな窓にかけられたカーテンからは、朝の光が差し込んでいる。

——なぜ。

助かったのだろうか。いや、私はあの時、確かに死んだはずだ。修道院へ向かう道中、森を抜ける手前で賊が襲ってきたのだ。

最後まで私を見捨てず、「お嬢様は私がいないと」と、涙ぐみながら、修道院まで送るためついてきた侍女のサラ。そして、いつも温かい笑みを浮かべた壮年の御者。彼らを巻き添えにする形で、確かに私はあの森の中で死んだ。

なぜなら、あの鼻を刺すような血生臭さ、そして体を突き抜けた剣の感覚。それを今も鮮明に思い出せるのだから。しかも剣は確実に心臓を突き刺したのだから、あれで命が助かるはずがない。

では、あれは夢？　……いや、夢であるはずがない。

思考を巡らす私の耳に、トントンと軽やかなノックが聞こえた。ハッと顔をドアへ向けて、条件反射のように「はい」と返事をすると、扉が開かれる。

——嘘でしょ。

「ひっ」と思わず叫びそうになるのを、口を押さえることで止める。だが、唇を抑える両手はガタガタと震えが止まらない。鏡を見ずとも、顔は青白く染まっていると容易に想像がつく。

なぜなら、現れたのは、私と共に殺されたはずの、侍女のサラであったからだ。

「……サラ……なの？」

「あぁ、目覚められてよかったです！　もう3日も眠ったままだったのですよ」

体を起こそうとするが全く力が入らず、ベッドに寝たまま恐る恐る声をかける。目元を潤《うる》ませながら、喜びを隠さず私を覗《のぞ》き込むサラは、以前より元気そうだ。気のせいだろうか、先ほどよりも若々しく見える。

「まだ顔色がお悪いですね」と心配そうに眉を下げる表情も、サラがたまに見せる顔だ。

そうだった。修道院への道中、サラの顔色は酷《ひど》いものだったのだ。3歳年上で、私が10歳の頃から仕えてくれているサラは、私の一番の理解者であった。婚約を破棄されるほどの私の悪行を、心優しい彼女は止めるに止められず苦しんでいたのだろう。

「3日間？　……どうして……」

サラの言葉に茫然《ぼうぜん》としながらも、いまだ働かない頭でどうにか考えようと、ポツリと呟《つぶや》く。

「あぁ、急に熱を出して倒れたのですよ。本来ならば、今日はお嬢様の入学式の日です。こんなことになり、本当に残念でなりませんわ」

目の前のサラは本当に残念そうな様子を見せる。私はというと、いまいち状況が掴《つか》めず、混乱する。だが、彼女の言葉が働かない頭の中でも妙に引っかかる。

サラは今何と言った？　確か、入学式？

「えっと、入学式って……トルソワ魔法学園の……ではないわよね？」

「はい、トルソワ魔法学園の入学式です」

悲しそうに眉を下げながら言うサラの言葉に、全身がピシリと固まるのを感じる。と同時に、視界がモノクロになり、サラの「せっかく今日は、お嬢様の可憐な制服姿が拝めると思ったのに」と沈んだ声が遠く聞こえる。

——そんなはずはない。だって私は、入学式には間違いなく出席したもの。

3年前である15歳の時に、新入生で魔力が高いこと、そして王太子殿下の婚約者だということで代表の挨拶も務めたのだ。

そういえば……。入学式のことを思い出したことで、記憶の片隅にあったもう一つの出来事が頭をよぎる。

よくよく思い返してみると、確かに入学式の数日前に珍しく風邪をひいた記憶はある。でも、それは1日安静にしていたら、翌日には回復したはず。……それが、3日も寝て目が覚めたとはどういうこと？

しかも、サラの言葉が本当であれば、今は3年前で、私は15歳ということになる。

15歳？　いや、まさか。何度も何度も混乱する頭を働かせようとするが上手《うま》くいかない。

そうだ！　慌《あわ》てて着ている部屋着の胸元を見て、胸の傷を確認する。

――ない。

部屋着の下で確認したその肌は、真っ白で、傷一つない。

いや、そんなはずはない。だって、あんなに抉《えぐ》るような痛みだったのだ。あの背中を押すような強い衝撃。そのあとの痛みを思い出すと、今も冷や汗が止まらない。

こんなにも鮮明に覚えているのに、この状況はおかしい。ということは……。

――これは都合のいい夢なのかしら。

あの世に行く前に、神様がほんのひと時の安らぎを与えてくれた……のだろうか。しかも与えられたのが、3年前という、何も不安を感じず、輝かしい未来が待っていると疑わなかった頃。

◆◇◆◇◆

あまりに混乱していた私は、サラが「奥様とお医者様を呼んで参ります」という言葉と共に部屋を出て行ったのさえも気付かなかった。

「ラシェル！　目が覚めたのね、本当によかったわ！」

扉が勢いよく開かれ、母が枕元までやって来ると同時に、頬に母の冷たい手が当てられる。母とはもう二度と会えないと覚悟していたため、信じられない思いと共に、瞳の奥が熱くなるのを感じた。

「お母様」

「ラシェル、まだ顔色が悪いわ。さぁ、お医者様に診てもらいましょう」

私と同じ黒髪をシニヨンにし、これまた私と同じキツイ目元がさらに吊り上がっているために、かなりの美人であるのに性格がキツそうに見えてしまう。

だが、この母は見かけによらず、決して冷たいわけでも厳しいわけでもなく、愛に溢《あふ》れて穏やかで優しい人だ。

「さぁ、診てみましょう。まずは全身を診察して、魔力の流れを確認しますかな」

母の勢いに飲まれて気付かなかったが、後ろには白い髭《ひげ》を伸ばした王宮医のドナルド医師が控えていた。さらにその後ろで、サラが心配そうに覗いていた。

目が覚めてからというもの、力が入らず、だるさも強い。そのため、ドナルド医師の温かい魔力が体中を伝わるのを感じても、なすがままであった。

「これは……」

「先生、どうされたのですか？　ラシェルは回復しているのでしょう？」

深刻そうな険しい顔つきになるドナルド医師に、母はオロオロと戸惑っていた。私はというと、ドナルド医師が言わんとしていることになんとなく気付いていた。

そしてドナルド医師は、眉を顰《ひそ》めたまま難しい顔で、私、そして母へと視線を順に動かした。何度か自慢の真っ白い髭を撫《な》でると、重い口を開き、私にはっきりと告げる。

「……魔力が枯れている」

そう。目が覚めた時から気付いていた。あれほどみなぎっていた魔力が、今はほぼ感じられないのだ。生まれた時から当たり前にあるものがない。それには、混乱の最中にいる私でもさすがに気付く。

「そんな！」

「奥様、お気を確かに！」

「だって、魔力が枯れるなんて聞いたことがないわ」

母は医師の言葉にショックを受け、頭を押さえながらフラッと力が抜けたかのようによろめく。それを、サラがすかさず支えたため、倒れるのはなんとか免れた。

「聞いたことがないでしょうな。私も文献で読んだだけで、実際に診るのは初めてですからな」

「どうすれば！　どうすれば戻るのです！」

母が医師の腕を掴んで甲高い声を上げるが、医師は難しい顔で首を振るのみだった。私はただ、その様子をぼんやりと眺める。母の取り乱しようが、逆に私の頭をスッキリさせてくれる気がした。

この世界には、魔力を持たない人はいない。貴族は魔力が強い者が多く、平民は少ない者が多い。

多い少ないなどの魔力量は、魔力の溜まる樽みたいなタンクの大きさで決まるらしい。人によっては、洗面器の大きさや井戸の大きさなどさまざまだ。私は元々かなり魔力が強いため、湖ほどの大きさの魔力を常に蓄えていた。

それが枯れる。つまり、魔力がタンクに溜まらないということだ。そうすると、体を守る免疫力も弱まり、風邪なども悪化しやすい。常に疲れやすい状態となり、自力で歩くのも辛くなるだろう。

洗面器ほどの小さい魔力のタンクでも、そこに魔力が満たされていれば、生活には不自由はない。ただ、使える魔法の大きさの違いだ。

だがドナルド医師の言葉を聞いて、私は少し思い違いをしていたようだと気付く。

……なんだ。許されたわけでも、一時の夢でもないのかもしれない。これは、人を害そうとし、苦しめた私に与えられた罰なのではないか。前回の生で、私はこの魔力を使って聖女を傷つけようとした。きっと、その報いなのだろう。

だとしたら、なんと幸いなことなのだろう。苦しむのは自分だけなのだから。今度は誰も傷つけなくていい。ほかの人を苦しめる必要もない。死ぬ必要なんてなかったサラと御者。嫉妬にかられて害そうとした聖女。彼らが同じ未来を辿《たど》らない可能性があるとしたら。

——もしかしたら、本当にやり直せるのかもしれない。

その結論に希望と安堵を見出すと、私の目から自然に涙が溢れた。

◆◇◆◇◆

「殿下、よろしいでしょうか」

自分を呼ぶ声に振り返える。ちょうど入学式もつつがなく終わり、乳兄弟のシリルと生徒会室へと向かう時であった。

婚約者の従兄弟《いとこ》という間柄で、将来の自分の側近候補のエルネストが廊下で声をかけてきたのだ。エルネストは、自分の婚約者であるラシェル・マルセル侯爵令嬢が、体調を崩して臥《ふ》せっていた状態から3日ぶりに回復したという知らせを持ってきた。

「そうか、目が覚めたか」

「はい」

「では、見舞いに行かないわけにはいかないな」

「ご迷惑をおかけして申しわけありません」

エルネストはいつもの明るい表情を曇らせ、私に深く礼をする。それに対して、私は首を横に振る。

「いや、一応婚約者だからね。顔を見に行けば文句は言われないだろう」

自身の婚約者を思い浮かべ、いつも常に意識して顔に乗せている朗《ほが》らかな笑みを消し、つい眉間《みけん》に皺《しわ》を寄せてしまう。

背中の真ん中まである黒髪は、緩くカールしており艶《つや》やかだ。若干吊り上がった大きな猫目は気の強さを表している。真っ赤な唇からは、いつも自信に満ちた過激な物言いが多い。

「何でも卒なくこなす」と言われる王太子の私にとって、婚約者のラシェルは、珍しく、会うのが面倒臭いと感じられる相手であった。上位貴族の中でも特に魔力の強い彼女は、成績も優秀であり、その能力の高さから婚約者におさまった。

だが、貴族女性にありがちな高慢さと、自分に近づく女性を、威嚇《いかく》し攻撃するかのような態度が鼻につく。しかも、国を支えている平民たちを含め、魔力の低い者を下に見る物言いには呆《あき》れて物が言えない。

心の中ではそう思っているが、そこは私自身、この国を今後背負っていく王太子だ。自分の努力のかいもあって、疎《うと》んでいるとは表情には出していないはず。

自分で言うのもなんだが、私は幼い頃から意識して、皆の考える「理想の王子像」を具現化するよう努力してきた。黄金に輝く髪、蒼い瞳、どちらかというと中性的な容姿。また常に微笑みを忘れないことで、周囲の人から好まれやすい見た目を最大限に作っている。

そんな、あえて作った私自身の王太子という仮面を、どうやら婚約者殿は相当お気に召しているらしい。「自分以外は王太子の婚約者としてふさわしくない」と他者に言う姿をシリルが目撃している。

ラシェルのことを思い出し、ゲンナリとする気持ちが隠せない。というのも、気の置けない相手しかいない状況に、いつもの外向き用の微笑みを捨てているからだ。思わず、「ふぅ」とため息が口から漏れる。

――仕方ない。

これも婚約者としての役目だ。生徒会室へと向かおうとしていたが踵《きびす》を返し、重い足を玄関へと進める。

「シリル、マルセル侯爵家に向かう。誰か先に遣いを出しておけ」

「御意」

その言葉に、ラシェルの従兄弟のエルネストも「同行します」と私の後ろを歩き始める。

この時、生徒会室に向かわずに玄関へと向かった行動が、今後の自分を大きく変えていくとは夢にも思わなかった。また、その行動によって、自分の知らぬところにも大きな影響を与えるなど、考えもしなかった。

というのも、私を含めて３人が馬車に乗って、侯爵家へと向かっている同じ時刻に、入学式を終えた新入生が１人、生徒会室の前で喚《わめ》いていたそうだ。その少女は、肩下まであるピンク色のフワフワの髪の毛に、クリっと大きい黄色い瞳で、一見すると小動物のような外見をしていたらしい。

「どうして、入学式後のイベントが発生しないの！　重要な強制イベントなのに、どういうことよ！」

悲壮感たっぷりに地団駄《じだんだ》を踏みながら叫ぶ姿に、生徒会室前を通る生徒は見て見ぬふりをして、足早に通りすぎる。その場にいる誰もが、この少女がのちに「聖女」と呼ばれる未来など、知る由《よし》もなかった。

◆◇◆◇◆

ドナルド医師が帰ってからというもの、母が倒れ、父が王宮から帰宅し、私の周囲は慌ただしくなった。だが動かない体では、何もできず、ただその様子を見守っていた。

そして、自分でも気付かぬうちに眠っていたようだ。ふと重い目蓋を持ち上げると、日は傾き始め、ベッド脇の窓からオレンジ混じりの赤い光が差し込んでいる。いつの間にか体を清められ、新しい部屋着に替わっていた。

——喉が渇いたな。

両手に力を込めて上体を起こし、サイドテーブルに置かれたコップを持とうとする。コップに手を伸ばし、持ち上げようとした時、《あっ、落ちる》そう思い慌てる気持ちも空《むな》しく。

——ガシャン！

力の弱っている私は、今までのイメージでコップを持とうとして、力加減を間違えたようだ。コップはテーブルから落ち、無残にも割れて、床は水浸しとなっている。自分の失敗に落ち込みながらも、人を呼ぶため枕元のベルを鳴らそうと腕を伸ばす。だがそれよりも早く、部屋のドアが開いた。

「お嬢様！　どうされました⁉」

近くに待機していたのか、サラがすぐさま入室したのだ。

「あっ、水を飲もうと思って……」

「お怪我《けが》はありませんか？」

「大丈夫よ、ありがとう」

「では、こちらのコップに水を注ぎ直しますね。まだ病み上がりなのですから、力が出なくても仕方ありません」

サラは別のコップに水を注ぐと、私の背中に腕を回し、もう片方の手で、水の入ったコップを私の唇に当てて水を飲ませてくれる。冷えた水が口いっぱいに爽《さわ》やかさをもたらす。

ゴクン、と喉を動かすと、まるで生き返ったような潤いを全身に感じる。……まぁ、本当に生き返ったんだけど……と、そんな冗談めいた考えが出るぐらいに、若干はこの状況に慣れたのかもしれない。

水を飲ませ終わると、サラはゆっくりと丁寧にベッドに私の体を戻してくれる。そして部屋を退室し、掃除道具を手にすぐに戻ってきた。割れたコップも溢れた水も、なかったかのように綺麗《きれい》に片付けられた。

「サラ、迷惑をかけるわね。申しわけないわ」

「何を仰《おっしゃ》るのです！　お嬢様はいつも頑張りすぎなのですから、少しはゆっくりしないと」

そう言うサラの言葉、表情に、胸いっぱいに温かさが巡る。そして思う。彼女はいつだってそうだ。こんな私に対して、いつだって笑顔を向け、沢山の優しさをくれる。

「……サラ、いつもありがとう」

私がポツリと呟いた言葉に、サラは驚いたように目を見開いた。だがその後すぐ、嬉《うれ》しそうに顔を綻ばせてにっこりと笑った。その表情を見た時、以前の私は、こんなによく仕えてくれているサラに感謝の言葉も伝えていなかった。という事実に気付かされて愕然とした。

侯爵令嬢として生まれ、いつでも自分は人より優れて特別だと感じていた私にとって、使用人は遠巻きに距離がある景色と同じようなものであった。そんな他の使用人たちとは違い、サラだけは甲斐甲斐しく私の側にいたので、いつの間にか特別な存在になっていた。それでも、感謝の言葉の一つも言わないような者にサラは仕えてくれていたのか。

使用人だって、平民だって、みんな家族がいる。誰かにとってはかけがえのない人であるし、自分と同じく生きていて感情がある。そんな当たり前のことに私は気付けなかった。

思い返せば、仲良くしていた令嬢たちは、私が殿下に婚約破棄されると、すぐに聖女に寝返っていた。蔑《さげす》んだ目線を寄越《よこ》しながら、コソコソとこちらを見て笑っていた令嬢たち。本当の友人と呼べる相手なんていなかったのかもしれない。

でも、サラだけは違う。よく八つ当たりをする私に、サラは最後まで寄り添ってくれていた。大切に想ってくれている人を大切にできなかった自分。身分だとか、魔力だとか……今となってはくだらないことに拘《こだわ》っていたな、と感じる。

以前の自分に対しての後悔、そして、やり直せることへの幸せを感じ、涙で揺れそうな視界のなか、サラの笑顔を見つめる。

ところがそんなしんみりとした空気は、その直後に発せられたサラの言葉により、一気に消え去ってしまうのだった。

「あっ、そうでした。お嬢様、お伝えしなければいけないことがあります」

「ええ、何かしら？」

「先ほど、寝ている間に城から旦那様が帰宅されまして、お嬢様の寝顔をご覧になっておいででした。それと、旦那様からのご伝言で……。その、今から王太子殿下がお見舞いに来られるそうです」

一瞬何を言われたのか理解できず、ポカンと口を開けたまま固まってしまう。そんな私の様子にサラは気付かないようで「よかったですね」と微笑む。その姿を見つめながら、顔が強張り、背中に冷や汗が流れるのを感じる。

――あっ、完全に忘れていた。まだ私、王太子殿下の婚約者だったんだ。

2章　婚約の行方

以前の私は、なぜあんなにも王太子殿下に執着していたのだろうか。確かに、殿下は民のため国のために奔走《ほんそう》する立派な方だ。しかも、見た目がとてもよい。そんな素敵な男性に穏やかな微笑みを向けられて、私は勝手に舞い上がり、愛されていると勘違いしていた。

でも、今なら分かる。あれは、愛想笑いでしかなかった。よくよく思い返せば、瞳の奥が笑っていなかった。お茶会で令嬢方に囲まれている時と全く同じ、仮面のように張り付けた微笑みを私の前でも崩しはしなかった。

それに気付かず、殿下に近づく女を全て排除しようとしていた自分が本当に情けない。

しかも、同級生が光の精霊王の加護を受け、聖女に認定されてからの自分は、思い出しても酷《ひど》いものであった。聖女を虐《いじ》め、あげく毒を盛ろうとするなんて……。こんな女、将来の王妃になんてふさわしくない。

殿下も聖女に対してだけは、自然な笑顔を見せていた気がする。私とは婚約者の義務として、週に1回30分のお茶会でしか会話がなかったけど。聖女とは、エルネストやシリルも一緒に、よく中庭で楽しそうに過ごしていた。

だからこそ、嫉妬に狂ったのだ。殿下の特別な女性は私だけだ、と。本当に我ながら醜《みにく》い姿を晒《さら》したと思う。婚約破棄後の両親や友人たちの様子を見て、死ぬ間際に何度も後悔したのだ。今回は、私もこんな体だし、殿下への恋情も過去にすっぱり捨ててきた。

――よし、円満に婚約解消しましょう。

疎まれている私の側から婚約解消を申し出れば、殿下は喜んで解消するだろう。それで聖女との仲も気兼ねなく深められるし、お互いにとってそれが最善だ。

そう決意を新たにしていると、コンコンとノックが聞こえ、ドアが開いて父が顔を出した。

「あぁ、ラシェル、起きたんだね。殿下がお見舞いに来てくださったよ」

その言葉を聞いたサラが私の背を起こし、背中に大きなクッションを差し込んでくれる。父の後ろから、いつもと同じ微笑みを浮かべた殿下、それにエルネストとシリルが現れた。

――あれ、いつもと同じ。もしかすると、私の体のこと聞いてない？

そう疑問に思ったが、エルネストとシリルの顔は強張っていた。その表情を見て《あっ、聞いている》と気付くことができた。

殿下は、私の状態を聞いていてなお、いつも通りに接してくれている。さすがは次期王だ、と感心せずにはいられない。

「起き上がって大丈夫？」

「えぇ、力が入らないもので。ベッドの上からで失礼します」

「いや、顔を見たかっただけだから、そんなに長居はしないよ」

「お忙しいところを私のために貴重なお時間を割かせてしまい、大変申しわけありません」

言外に早く帰れ、と言ってみたが、殿下は素知らぬ顔をしている。それどころか「君たちは下で待っていていいよ」なんて、父やエルネストたちを部屋から退出させてしまった。

サラにも「何かあれば呼ぶから、部屋の前で待っていてくれ」と声をかけている。サラは心配そうに私に視線を投げかけるが、王太子の言葉とあれば従うしかない。

そうして皆が去ってしまった部屋には、私と殿下のみ。気まずい思いが私を襲う。そんな私のことなど素知らぬ様子で、殿下は近くの椅子をベッドのすぐ横に置いて腰を降ろした。顔を見たらすぐ帰っていただいてよいのですが。……なんて言えるはずもなく、私は力なく笑うしかなかった。

「侯爵から君のことを聞いたよ。残念なことになって、ラシェルもさぞ辛いことだろう」

「いえ。私はこうなってよかった、とさえ思っているのです」

私の返答があまりにも意外だったのか、いつも微笑みを浮かべている殿下が、目を見開き驚いた顔をしている。あら、珍しい表情だわ。こんな普通の顔もできるのね。なんて冷静に殿下を観察できるあたり、本当に彼への恋心はなくなったのだろう。

「どうして？」

「こうなって感じたのですが、私は自分の力を過信していました」

「過信？　実際、君は魔力がなくても地位もあるし、頭脳も明晰だ」

「いえ、そういったものではなく、私は人として足りないものだらけだ、と知ったのです」

「ふぅん」

殿下が笑みを消し、目を細めて探るような表情をする。そして、長い足を組んで座り直すと、私に話の続きをするよう促す。

「私は、確かに殿下の婚約者でした。でも、殿下の表面しか見ていなかったのです。国のこともそう、この国ではどんな人々が暮らし、何を求めているのか。それを知ろうとしたことさえありません」

「それを悔いている、と？」

「えぇ。魔力もなく、思うように動かない体となりましたが、私は人の優しさを見つけました」

「受け入れるのがずいぶん早いね」

殿下は何かを探るような視線を私へと向ける。本心はどこにあるのか、見極めようとしているのかもしれない。だが、いくら見極めたところで、これは私の本心だ。

「魔力がなくなったのはすぐに気付きましたし、原因も思うところがありますので。とは言っても、両親や私の手伝いをしてくれる者たちには申しわけないのですが」

「その原因は教えられない？」

殿下の言葉は、言わないだろうと分かっていてあえて質問した。そんな雰囲気を滲《にじ》ませている。殿下であれば、私に命じて聞き出すこともできる。だがそうはせず、言うか言わないかを私に委ねている。そこに申しわけなさを感じるが、過去に戻っているという謎の現象を言うわけにはいかない。

「……申しわけありません」

「そうか。なら、君が話したくなったら話してくれ」

殿下は煮え切らない私の言動に何かを納得したのか、一つ頷《うなず》く。私は視線を上げて殿下の瞳をじっと見つめると、意を決して口を開く。

「殿下におかれましては、私のようなものを婚約者に据えておく必要はないかと考えます。なので……今回の婚約をかい……」

「分かった。では、これからは、頻繁にラシェルのところに面会に来ることとしよう」

――え、なぜそうなるの！

「えっ？　ですから、婚約を……」

「同じ学園に通えないのは残念だけどね。まぁ、生徒会の仕事も王太子の仕事もあるから、毎日とはいかないけど」

　待って。なぜ話を聞いてくれないの。きっと、さっきの言葉は殿下の耳に届いているはずなのに。なぜ……。困惑する気持ちのまま「あの、殿下」と呼びかけるが、さらに殿下は聞こえていないかのように、口を開いた。

「学園の様子なんかも伝えるよ。さっきラシェルは、私のことを表面しか見ていなかったと言っていたが、それは私も同じだな。これからは、仲を深められるよう沢山話そう」

　私の話を何度も遮る様子は、過去に私のつまらない話を微笑みながら聞いていた、というか聞き流していた姿と一致せず、本当にこれが殿下なのかと目を疑いたくなる。

　どうして？　と疑問ばかりが浮かぶ私をよそに、殿下は、話は終わったとばかりに席を立ち、足早にドアの方へと向かった。

　そして、ドアノブを持ちながら振り返った殿下は、今までになく楽しそうな、心からの笑みを浮かべている。

「あぁ、そうそう。さっき君は『婚約者でした』と過去形で話していたけれど、君は今も、私の唯一の婚約者だ。解消などという申し出は今後も聞く予定はないから、覚えておくように」

　それだけ言うと、私の返答も聞かず反応さえも見ないまま「ではまた」とあっさり部屋を出て行った。

残された私は、ベッドに呆然と座るのみ。え？　婚約を解消しない？

——えぇ!?

◆◇◆◇◆

「殿下、ようこそいらっしゃいました。わざわざお越しいただきありがとうございます」

学園から侯爵家へと向かうと、侯爵が出迎えてくれた。夫人は、ラシェルの病状が思ったよりも深刻で寝込んでしまったそうだ。そのため、侯爵が診断結果を詳細に私に伝えた。

「つまり、今のラシェルには魔力がほとんどないと？」

「はい、そういうことになります。王宮から派遣していただいたドナルド医師が診察したので、間違いないかと」

「そうか、魔力が枯れる……ね」

「このような事態になり、大変申しわけなく」

「いや、いい。侯爵も、娘がそのような状態になり心配であろうな。落ち着くまでは仕事も補佐を付けようか」

「いえ、それには及びません」

侯爵から聞く話は、私の考えていた以上に深刻な状況であった。何だかんだで、1つ年下の従姉妹《いとこ》に甘いエルネストは、心配からか表情が抜け落ちている。いつも無表情なシリルの顔にも、動揺が見てとれる。

プライドの高い彼女はこの事実を受け入れられないだろう。だからといって、診断が下された以上どうにもできない。王宮医師という国一番の医師でさえ、匙《さじ》を投げる状況。今この段階でできることはない。

薄情なものだ。こんな状況でさえ、ラシェルの心配よりも、彼女の魔力が失われることによる国の損失を考えてしまう。国のことを第一に考える自分が、王太子妃の座につく者に求めるのは、今の国が求めているものを持つ人物である。実際に彼女の顔を見る前であるため、なんとも言えないが、果たして魔力を失った彼女に、王太子妃が務まるのかどうか……。

まぁ、とにかく今はまだ婚約者であるのだから、顔を見に行く必要がある。彼女のことだから、ヒステリックに叫ぶか。それとも、これみよがしに悲嘆にくれるか。

だが、そんな独りよがりな想像は、実際にラシェルと顔を合わせた瞬間に覆された。

——これは誰だ。

ベッド上の大きなクッションに凭《もた》れて、辛うじて起き上がっているラシェルは力なく、視線

のみで礼を表している。だが、瞳は若干潤みながらも光は失われておらず、吊り上がった目元には子猫のような愛らしさがある。弱々しくも優雅に微笑む口元、緩やかに流れる艶やかな黒髪が色気さえ滲ませる。きっと、庇護《ひご》欲がそそられるとはこういうことだろう。現にエルネストやシリルは、頬を少し赤らめ、ソワソワし出した。

――よし、今すぐ退出させよう。目の毒だな。

変わったのは、見た目や雰囲気だけではない。「こうなってよかった」と清々《すがすが》しく言う姿は、感情があまり揺れない自分にも、かなり衝撃的であった。魔力が失われるという、この国では考えられない状況で、誰が本心からそんな言葉を言えるだろうか。

――興味深い。

貴族女性の代表みたいで、興味のかけらも持てなかったラシェルをまじまじと見る。何がこうも変えたのか。……この変化はどう転んでいくのだろうか。

それにしても、自分が女性に対してこんなにも強く興味を持つのは初めてかもしれない。

私は、周りからは卒なく何でもこなすイメージを持たれているが、実は一度興味を持ったものへの執着は相当なものだ。

どうやら、ラシェルは婚約を解消したいらしい。あんなに執着していた私からあっさりと離れようとするとは、どんな心境なのか。

――さて、どうしようかな。

婚約解消など、今する必要はどこにもない。解消したところで、新たな婚約者候補は決まっているだろう。その者がラシェルの代わりとしておさまるだけだ。

それに、婚約を解消したところで、今のラシェルでは、新たな婚約者を得るのは無理だろう。であれば後々、婚約を解消する時には、自分が責任を持って新たな婚約者を見つけさえすればよい。そうと決まったら、ラシェルの考え……つまり、婚約解消は却下だな。

――残念だったな。こんな興味深いものを自分から手離すなんて、私がするはずがない。

上機嫌のまま侯爵邸を後にしてシリルと2人、王宮へと帰る馬車の中で、先ほどのラシェルの様子を思い浮かべて笑いが起きてしまう。

「珍しいですね」

「何が？」

「殿下がそんな子供のようにはしゃいだ顔をされるのは」

はしゃいでいる？　私が？　自分では分からないが、生まれた頃から私と共にいるシリルは何かを感じているのかもしれない。

「ふふ、はしゃいでいるか？」

「えぇ。13歳の時にベルモン子爵の隠された薬草園を見つけた時以来ですね」

急に笑い出した私に、シリルは目を丸くしてから顔をしかめる。おおよそ《何を企んでいるんだ》と言葉にせず視線で訴えているのだろう。

「あぁ、あの薬草園は面白かったね。禁止のはずの毒草が各種揃《そろ》っていたし、幻と言われた竜石樹まで小さく育っていたのだから」

「あの後のベルモン家は悲惨でしたね」

そう言葉にするシリルは、私にジトッとした視線を向けてくる。

「仕方ないよ。あれが世に出れば恐ろしいことになっていた。でも、子爵の命は奪ってないし」

「それは、彼の薬物知識と育成能力を手元に置こうと、研究施設で子飼いにしているからじゃないですか」

「今は国のためによく働いてくれている」

「あなたがそうさせたんでしょ」

全く、人を悪人のように言う奴だな。まぁ、今の私は久しぶりに心躍る気分だから、シリルの小言なんて大して気にならない。

――さぁ、次に会った時には、どんな表情を見せてくれるか。楽しみだな。

それにしても、魔力が枯れるとは、ありえることなのか。……これもかなり興味深い。王宮に戻ったら調べてみるか。

◆◇◆◇◆

殿下のあの見舞いから3カ月が過ぎた。宣言通り、殿下は学園の帰りに3、4日ごとに現れるようになった。忙しい中で時間を捻出しているようで、シリルが申しわけなさそうに迎えに来て、慌ただしく帰る時もあるが。

そして、本日も目の前にはにこやかな表情をした殿下がいる。優雅にカップを持ち、紅茶を飲む姿は、佇《たたず》まいからも気品が溢れている。

「それで、体調はどう？」

「えぇ、最近は起き上がれる時間も増えました。ですが、筋力がすっかり落ちてしまって。椅子に座っていられるのも2時間が限界かと」

「そう、食欲は？」

「以前より量は減りましたね。どうも運動量が足りないからか、こってりしたものが重く感じてしまって」

「分かった。その辺はまた何とかする」

「えっ？」

私の食事を何とかするとは、どういうことなのか。疑問に思ったが、まぁいいか。殿下の思考には私には理解できない部分が多々あるから、深く考えてはいけない。

そう、私は前の生において、こんなに殿下と会話をしてはいない。そして、いつも微笑む完璧な王子像が徐々に崩れ始めたのも事実である。以前の私は、殿下がこんなにも人の話を聞かない人だなんて、夢にも思わなかった。

「ところで、殿下。先日の夜会はいかがでした？　可憐なデビュタントたちが多かったのでは？」

「あぁ、いつもと同じだよ。本来ならば君も今年デビューの年だったよね」

「えぇ、でもこんな状態では、社交界にも参加できず残念です」

「ふふ。全く残念そうではなさそうだが。私は君がデビュタントの白いドレスを着て、それをエスコートできなかったのが残念だよ」

「またまた、素敵な華を見つけたのでは？」

「いや、君以上に魅力的な女性など私にはいないよ」

何だろう、この自然と口説いてくる殿下は。こんな歯の浮くような言葉、聞いたことがない。いつも微笑みながら当たり障りなく、ドレスや髪飾りのみを褒《ほ》めて、本人はスルーする人なのに。

そして、そんな褒め言葉にキャーキャー言っていた過去の自分が情けない。

殿下の訪問のたび、私の病弱を理由に、婚約を解消するべきとやんわり伝えている。それなのに、全く相手にしてくれないのだ。この王子様には絶対伝わっているはずなのに。

——やはり、もう一度しっかり言うしかない。

「あの、ですから……私たちの婚約の件なのですが」

「あぁ、残念だ。もうそろそろ時間かな？　ラシェルの負担になってしまうのは嫌だからね」

殿下は胸ポケットからチェーンがついた時計を取り出して見ると、わざとらしくため息をついた。

——またこの流れか。

殿下は私が婚約解消の話をすると、なぜか聞かなかったことにする。まだあの子が聖女になっていないから、学年が1つ違う殿下とは学園で出会ってないのかしら。

そうであれば、あえて今婚約解消をして、ほかの女性たちに狙われる煩《わずら》わしさが嫌なのかもしれない。

——そうか、これだわ。

納得のいく答えが出て、私は満足げに頷く。

ということは、新入生の精霊召喚の儀が行われる来年まではこのままかしら？　それはそれで面倒ね。不敬とは思いながらも、そんな思いが頭に浮かんだ。結果、つい嫌そうに目元を歪めてしまう。

先ほどから一人で百面相をしている私を、殿下は面白そうに眺めていた。だが私の意識は、目の前の殿下をどうするか、ということに向いており、それに気付いてはいなかった。

「あぁ、そういえば、ラシェルは今は学園に通えないけど、勉学の方はどうする予定かな？」

「そうですね。椅子にもう少し長く座れるぐらいに体調が安定したら、とりあえずは家庭教師を雇う予定です」

新しい話題に、ハッとして殿下を見る。すると殿下はそれさえも楽しそうに、にっこりと笑顔を私へと向ける。

それにしても、勉学か。考えていなかったわけではない。ただ、私は一度、魔法学園で3年生までの勉強を終えている。

それにこの状況だ。今すぐにどうこうしようとは思っていなかった。だからといって、何もしないわけにはいかないだろう。

何よりも、両親を心配させてしまうもの。もう極力、両親をがっかりさせたり、悲しませるようなことはしたくない。……とはいっても、今この状況は既に悲しませているのだけれど。

「そうか、では家庭教師はこちらで手配しておこう」

「そんな、そんなに何から何までお手を煩わせるわけには」

「いや、大事な婚約者だからね」

甘く蕩《とろ》けるような笑みを浮かべる殿下に、つい顔が真っ赤になってしまう。私はこんな風に言われることに全く慣れていない。昔から性格がキツく、顔もキツい私には、男性が近づきもしなかった。口説かれるなんてありえなかった。

「あれ、ラシェル。顔が赤いけど、熱でも出たかな？」

「いいえ！　体調は変わりないのでご心配なく！」

「心配だよ。ただでさえ君は、一度熱が出たらなかなか下がらないのだから」

——なぜ顔が赤くなっているのか、本当は分かっているでしょ！

殿下はからかうような笑いを含んでいるくせに、なんともわざとらしい。そんな思いから、ますます眉間の皺が深まる私に、殿下は目を細めて、声を出して笑い出す。

《そんな顔初めて見た》と心の中で呟いた言葉は声に出ており、殿下の耳にはっきりと届いていたらしい。殿下は「あぁ」と納得するように言うと、

「ラシェルとの会話は面白いからね。それに、君は許すことを知っている人だから、私のただの甘えだよ。こんなに損得考えずに会話できる相手、私には少ないからね」

「損得？　いつもそのようなことを考えて？」

「まぁ、どこで揚げ足を取られるか分からないからね。ただでさえこの国は先の戦《いくさ》の傷跡がまだそこらじゅうにある」

「えぇ、でもそれは50年前の話では？」

「あぁ、50年でようやく他国とも渡り合える国になったし、豊かになった。でも、実際は？」

「それは……サリム地区のことでしょうか」

私の答えに殿下は真面目な顔になり、肯定するかのように沈黙する。

サリム地区は、この国ではタブーな話題である。豊かに見えるこの国の影の部分、いわゆる貧民街である。貴族はもちろん、平民でさえも目を逸《そ》らす場所だ。

大きな痛手を負った戦で、誰もが復興に必死であった。ただサリム地区は、そんな者たちの中でも、帰る場所もなく、未来を奪われた者たちが詰め込まれた場所だ。

「10歳の時だ。家庭教師たちも私の納得する答えを用意できなかったからね。実際にこの目で見ようと思って、護衛を撒《ま》いてシリルと行ったことがあるんだ」

「王太子殿下が！　なんてことを」

「あぁ、自分でも若さゆえの無鉄砲だと思うよ」

「……ではなぜ？」

一国の王子がそんな治安の悪い場所に足を踏み入れるなんて、考えられない。しかも、王族としての自覚も誇りもしっかりと持っている殿下が。もし殿下に何かあったら、この国はどうなっていたのだろうかと、聞きながら身震いがする。

そんな私の心情を分かっているかのように、殿下は自嘲の笑みを浮かべる。

「知りたかった。誰も教えてくれない。誰もがなかったことにしようとしている、この国の闇を。私はそれを誰よりも知らなければいけない人間だからだ」

私の目をまっすぐ見ながら言う殿下の顔には、いつもの完璧な王子様の微笑みはなく、先ほどの楽しそうな顔も、17歳の少年の顔もしていなかった。

目の前にいたのは、この国の未来をまっすぐに見据えた、王の威厳の片鱗を覗かせる男であった。

そんな殿下の様子に圧倒されながらも、私は話の続きが気になった。彼が何を見て、何を知ったのか。

「それで、サリム地区はどうだったのですか？」

「あぁ、酷いものだったよ。鼻が曲がるかと思うほどの臭《にお》い、どんよりとした空気、地面を這《は》いつくばる、ガリガリに痩せこけた者たち。物乞いすらいないんだ。恵む人なんていないからね。俺は、ただただ身を隠して、じっとしてることしかできなかった」

殿下の一人称が「私」から「俺」に変わっていることにも気付かず、私は殿下をまっすぐ見ていた。耳を塞ぎたくなる話に心が悲鳴をあげるが、これは聞かねばならない、と思ったのだ。

「一人の子供が近くに来て、俺のことを何も言わずじっと見ていた。5歳ぐらいに見えたけど、実際はもっと上かもしれない。痩《や》せ細っていたからな。たまたま持っていたリンゴを渡すと、受け取って走って逃げた。でも、俺ができたことなんてそれだけだ。そんなものたった一時の腹を少し満たしただけのこと。しかも一人だけのだ。あそこには、そんなことじゃない、もっと必要なことが沢山、沢山あるんだ」

淡々と静かに話す殿下の言葉を、私は黙って聞くことしかできなかった。実際にその目で見た殿下の言葉は、書物よりも生々しく、私の目からは自然と涙が溢れた。

「サリム地区の住人は、戸籍さえもはっきりしていない者も多い。だが、確かにこの国の国民だ。あの時から、俺は本当の意味で、国に人生を捧げると誓っている。国に光の当たらない場所なんていらないんだ」

その時、私はこれまで、殿下のことを何も知らなかったことを実感した。なぜ、殿下が今の殿下となったのか。婚約者であるのに、一度も考えたことのなかった殿下の過去。それに少し触れただけの私だが、この瞬間知ったことがある。

この人は絶望を知っている。自分の無力さを知っている。だから、あんなにも完璧でいられる。だから、力をつけようとしている。だから、力を欲している。

溢れる涙を止められずにいる私に対し、殿下は「話しすぎてしまったな」と申しわけなさそうに眉を下げた。そして、私を横抱きにし、ベッドに優しく寝かせてくれ、「無理をさせてすまなかった」と穏やかな顔で私の髪を撫でると、「また来る」とだけ言い残して出て行った。

目を覚ましてからというもの、後悔は沢山した。その上で今を受け入れている。でも、今新たな後悔もしている。

──あの魔力があれば……。

私は水魔法に特化していたから、何かできたはずだ。例えば、錬金術師たちと協力すれば、汚水を綺麗にする方法を見つけられた可能性もある。特に衛生面の問題、水の問題が、貧民街では病を流行らせ死に至らしめるらしい。

だから、殿下は私を婚約者に選んだのか。協力者を求めて。

そういえば、婚約をした14歳の時に殿下からサリム地区の話を何度かされた気がする。その時私は何と言った？　確か……。

「殿下、無粋なお話はおやめになって。住む世界の違う住人のことなど、あなたが気に留める必要などないのですよ」

と、殿下の心を踏みにじったのだ。何度も。……そんなことを言った私に、殿下はどんな表情をしていたのだろう。推測でしかないが、きっと10歳の頃から今までに、そんな反応を返されたことが多かったのではないか。

だから、理解を求めることをやめたのではないだろうか。だからこそ逆に、殿下自身の価値を高めて、上手く自身のために力を使いたいと思わせようとにしたのでは。自分の計画を遂行するために、あえて……。

もちろん、正解は殿下の心の中にしかない。肝心なことは言わず、全てをあの微笑みの内に隠してしまうのだから。

殿下は私を「許すことができる人だ」と言った。でもそれは違う。殿下こそ……あなたの期待を無残に壊した私を許したではないか。知らなかったから仕方がない、ではない。私は知ろうとしなかったのだ。

学ぼう。もしかしたら、あまりにも遅すぎるかもしれない。魔力を失った私に、もう、できることなどないのかもしれない。

――それでも、学びたい。

沈んで見えない陽の光を見つめるかのように、私はただじっと窓の外を見続けた。

◆◇◆◇◆

――なぜ、なぜ、なぜ。

『マルセル侯爵令嬢、聖女に毒を盛り、水魔法で襲った犯人は、そなただそうだな。何か申し開きはあるか』

『殿下、あの女が悪いのです！　あの女は私から殿下を奪おうとしたのだから、当然の報いです』

『私は奪われるような覚えは一切ない。聖女とは国のために話し合うことは多くあったが』

『でも、中庭で何度も会話を……王宮にも招いていたではないですか！　私の友人たちは仲睦《なかむつ》まじい姿を何度も見たと！』

冷たく光る瞳に表情を消した殿下は、私にあからさまに幻滅したと、期待外れだと言うかのようであった。

『その友人たちというのは、君が聖女にさんざん危害を加えたという報告と証拠を持ってきた者たちかな？』

『なっ、そんな！』

『残念だが、君との婚約は破棄することとなった。これは、国王陛下も君の両親も同意の上だ』

視界に入れる価値もないかのように、視線も合わさぬまま颯爽《さっそう》と去っていく殿下の後ろ姿に、全身が冷たくなる。

――駄目、待って！　行かないで！

『殿下、殿下！　お待ちになって！』

いくら叫んでも振り返りもしない。なぜこんなことに……。そう思っても答えは出ず、ただ立ちすくむだけ。

暗闇で蹲《うずくま》っていると、後ろからのコツコツという足音に気付く。ハッとして振り返ると、そこには、学園で親しくしていた友人たちの姿。彼女たちを視界に入れると、一気に怒りが込み上げてきた。

『あなたたち、どういうことよ！　殿下に何を言ったの！』

『ふふ、私たちは殿下に聞かれたので、本当のことを』

『今は状況が変わったのですわ。もう、あなたのそばにいる必要なんてないのですから』

『そもそも魔力だけで選ばれた婚約者じゃない。最後だから教えてあげましょう。皆、あなたが邪魔だったのよ』

クスクスと笑いながら醜く笑う彼女たちは誰だ。日頃、私に都合のよい言葉を並べて褒めそやしていた彼女たち。今は、目元がギラつき、口元は歪み、顔が真っ黒に染まったかのように見える。

――私は、私は、何を見ていたの？

彼女たちの口からはまだ、私を笑い者にして蔑む言葉が止まらない。こんな人たち、知らない。でも、私もこんな風に誰かを下に見た発言をしていた。

——それじゃあ、私もこんなにも醜い顔をしていたの？

迷子のように暗闇を彷徨《さまよ》うと、オレンジ色の明るい光を見つけ、必死に足を前へと動かす。安堵を覚えて走り寄ると、そこは私のよく知る部屋だった。

『ラシェル、お前はなんということをしたのだ』

『お父様、あの、私……』

『お前は殿下の何を見ていたのだ！　聖女を害するなど、国をどうするつもりだ！』

『いえ、私は……あの……』

『明日、お前を領地の修道院へと送ることになった。そこで自分の行いをしっかり見つめ直しなさい』

やつれた顔を覆う父、そして、泣き腫《は》らしてソファーに力なく座り、黙ったままの母。

——違う、違うの！　悲しませるつもりなんてなかったの。

いつの間にか、辺りはまた暗闇へと戻った。ポツリと両親に力なく呟いた言葉も、誰にも届くことなく消えていった。そして私は、力が抜けたようにその場に横たわると、意識がゆっくりと落ちていく。

ゴトゴトと揺れる気配に目を開くと、そこは馬車の中であった。

『お嬢様、サラはお嬢様と出会えて幸せです』

『サラ……私は全てを間違えてしまったのね』

『お嬢様は元々はお優しい方です。ただ、悪い影響に流されてしまったのかと』

『いえ、それを選んだのは私だわ。聖女は謝ることもしない私に、間違いは誰にでもある、と』

『さすが、慈愛に満ちた聖女様ですね』

『……修道院に行ったら、少しは近づけるかしらね。あのように美しい光を纏《まと》う聖女のような女性に』

『もちろんです』

『サラは本当に甘いわね。いいえ、分かってるわ。私はあんな風にはなれないことぐらい』

――――ガタッ
馬の甲高い声と御者の悲鳴が聞こえると同時に、大きく揺らぐ馬車。困惑と恐怖が生まれる。

『お嬢様、何かあったのでしょうか』

震えるサラと抱きしめ合っていると、馬車の入り口が乱暴に開かれる。そして、目にしたのは、鈍く光る銀の光。

その光……私は知っている。私を、そしてサラを死へと誘う光だもの。

あまりの恐怖に、また意識が暗闇へと引き戻される。だが、私はもうどこにも行きたくなかった。もうこれ以上何も見たくない。何も思い出したくない。暗闇の中で目をギュッと瞑《つむ》り、耳を両手で塞ぎながら、しゃがみ込んで身を縮こませる。

「……様、お嬢様、お嬢様！」

ふと、温かく優しい声が私の耳に入ってきた。暗闇が少しずつ薄れていき、柔らかい光が私の頭上に降り注ぐ。そして、その声の主であるサラが私を呼ぶ声に、意識が浮上する。

ゆっくりと瞼を開けると、目の前には、恐怖に震えながらも、一生懸命に私を抱きしめてくれたサラ。……ではなく、心配そうに私の顔を覗くサラであった。

「お嬢様、ずいぶんうなされていたようですが」

「大丈夫よ。夢……そう、悪い夢を見ていたの」

「そうですか。では汗もかいているようですし、体を清める布をお持ちしますね」

サラは安心したようににっこりと笑うと、部屋を出ていこうと踵を返す。

「サラ、ありがとう」

「はい、お嬢様」

ふふ、と嬉しそうに笑うサラは、もう私が感謝の言葉を言っても驚かなくなった。嬉しそうに微笑むのみだ。

ベッドの側に殿下からの手紙が置かれている。今日届けられたものだろう。体を起こし、封を開けると、体調を気遣う言葉に加えて《先日の件で、侯爵家に紹介する料理人を連れていく》と書いてある。

先ほどまで暗闇の中にいた私にとって、殿下からの手紙も、その内容も、頭を軽く通りすぎるようなものでしかなかった。だが、過去になかったこのやり取りによって、あの悪夢を遠いものと感じることができて少し安心する。さっきまでの悪夢は過去のもので、今私が生きているのはこの現実なのだ、と。

自分を落ち着かせようと、何度も大きく深呼吸をする。そうすることで、徐々に頭の中がスッキリとクリアになっていく。

だが同時に、新たな疑問も浮上してきた。殿下の手紙にあった《料理人》とはどういうことなのだろうか。

——もしかして、食が進まないと言ったから、かしら。

そうだとしたら、とても不思議だ。食べられないから料理人を連れてくるなんて。あまりに想定外で、思わず自分の口から「ふふっ」と笑みが零《こぼ》れるのを感じた。と同時に安堵した。

——よかった。私は笑えている。

そう、ようやく今ここにいる私が現実なのだと実感することができた。腕に力を入れても、やはりベッドから一人で起き上がることさえ叶《かな》わなかった。それでもあの暗闇の中にはもう二度と帰りたくない。そう思うのだった。

◆◇◆◇◆

「はっ、初めまして！　俺、あっ……私はエモニエ男爵の五男、サミュエル・エモニエと申します。しゅ、趣味は調味料探し……特技は料理の隠し味が分かります！　あとは、えっと」

「どこの見合いだ。もういい」

一人の男性が、殿下とシリルに挟まれ、いかにも緊張しています、というように酷く縮こまり、カチコチになって立っている。シリルがポン、と安心させるかのように、サミュエルの肩に手を置く。すると殿下が口を開いた。

「彼は8年前から王宮で料理人として働いているのだが、なかなか変わった面白い料理が多くてね。彼の作ったものは、あっさりしているけど美味しいものが多い」

王宮の料理人といえど、殿下と顔を合わせる機会はなかなかないだろう。

エモニエ男爵領といえば、領地は大きくないが森や畑が多く、日照時間も長い、自然豊かな土地柄だ。王都から離れた男爵家、しかも五男ともなれば自分で手に職をつけなければいけない。社交界とも縁遠いだろう。

だが身元はしっかりしているため、腕がよければ、王宮の料理人にはもってこいの人材ではないか。オドオドした様子に見合わない風貌の彼は、目元が細く吊り上がっており、茶髪に茶色い瞳、厳《いか》つい体型で強面といえる。どちらかというと、騎士だと言われた方がしっくりくる。

それでも、恐縮しながらも必死に人の目を見て話そうとする姿に、好感を覚える。

「サミュエル、よろしくね」

「はっ、はい！　精一杯努めさせていただきます！」

「詳しいことは料理長と話し合ってちょうだい。サラ、彼に屋敷のことを教えるよう、ポールに伝えて」

ポールとは、この侯爵家の執事長だ。私が幼い時から白髪まじりのポールは、いまだに現役で、この屋敷に住む使用人の全てを統括し、誰よりもこの家のことを知り尽くしている。

「はい、ではこちらに」

「あっ、はい！　お願いします」

サラが声をかけると、サミュエルはサラに対しても頭を深く下げた。それに驚いたサラの方は、目を丸くしながら苦笑いを浮かべている。

サミュエルは、最後まで大きな体を小さくし、ペコッペコッと、何度も小さく礼をしながらサラと共に部屋を辞していった。

「殿下、まさか料理人を連れてくるとは思いませんでした」

「予想外だったかい？　君の驚く顔がついつい見たくてね」

「……はぁ」

殿下は悪戯が成功した子供のように、嬉しそうに瞳を輝かせた。あまりに楽しそうなその姿に、喉まで出かかった小言が、ヒュッと奥へと引っ込んでしまった。

「はは、でも彼の腕は一流だよ。彼の独創的な料理は、この国の誰も考えつかないだろう」

「そのような人材を我が家に迎えてよろしいのでしょうか？」

殿下のサミュエルへの評価は、かなり高いと感じる。なんといっても、一国の王子が一料理人を把握しているだけでも驚くことだ。侯爵邸でも5人の料理人を抱えているが、王宮ともなれば、我が家とは比べ物にならないほどの数の料理人がいるのだろう。

「あぁ、食は基本だからね。食べなければ体も弱りやすい。ラシェルが食べられるものを見つけるには、彼が適任だと思ったんだ」

「お気遣いありがとうございます」

確かに私の食欲は戻らない。侯爵家の料理人たちも私が食べやすいように、味付けを薄くしたりと、工夫してくれている。

それでも、どうしても量を食べられないのだ。辛うじて野菜スープや果物は食べられるが、パンや肉などは喉を通りにくく、すぐに胃もたれをおこしてしまう。

「いや。もしそれでも食べられなければ、別の方法を考えるとしよう」

殿下は私を気遣うように優しく微笑むと、サミュエルの今まで作った料理の話をしてくれた。確かに話に聞く全てがとても新鮮で、気付くと1時間も経っていた。あまりにも殿下の話が興味深く、もう少し聞きたかったが、いつのまにか溜まった疲れが顔に出ていたらしい。

「また長居してしまったね。いつも、もっと早く帰らなければと思っているのだけど、どうしてもギリギリまで粘ってしまうな。ラシェルに負担をかけてしまってすまない」

「いいえ。今日は私が引き留めてしまったようなものですから」

殿下は申しわけなさそうに眉を下げると、「では、また来る」と一言残し、名残惜《なごり》しそうに私を見つめた後、部屋を退室した。それをベッドの上で見送った私は、やはり疲れていたのだろう、そのまま夕方まで眠ってしまった。そのため、殿下とシリルを乗せた馬車が侯爵邸を去っていく音も聞くことはなかった。

◆◇◆◇◆

マルセル侯爵邸から戻った殿下と私は、王宮の執務室で、溜まった仕事を黙々とこなした。真面目に仕事をする殿下の姿は、本当に私と同い年とは思えない。なんといっても、書類を処理するスピードが桁違いに早い。

私は「シリルは仕事が早いな」などと殿下に言われることがあるが、それが時々嫌味に聞こえるぐらいだ。

とはいえ、私自身は殿下を尊敬しているし、いつだってお役に立ちたいと思っている。人として変な部分は多々あるが、それは生まれた環境の異常さによるもの、と言えなくもない。

生まれてからずっと側にいた私だからこそ、最近の殿下の変化には敏感に気付いた。と同時に、少しおかしいと思うことがある。今日だってそうだ。

「いいのですか？」

「何が？」

私の言葉に、殿下はそれまで書類に落としていた視線を上げた。私は殿下のために入れた紅茶を、机の端の邪魔にならない場所に静かに置くと、言葉を続けた。

「あの料理人のことです。彼はあなたの観察対象の一人でしょう？」

「観察対象って、お前はほんと、人のことを何だと……。まぁ、確かにあの独特な発想には興味がある。使う食材の一貫性からも、どこかの郷土料理のようにも感じるし。……だが、最近はラシェルの色んな顔が見たいんだ。今日の《本当に連れてきた》と言いたげな顔はよかった」

そう言うと、楽しそうに目を細めて、紅茶を優雅に口にする殿下。それに思わず大きなため息をつく。乳兄弟ということもあり、２人きりの場ではこういった、いわゆる不敬な態度も許されている。だからこそあからさまに、盛大についたため息さえも、殿下は気にする素振りなどない。

「全くあなたは……」

「それに、ラシェルは驚いた顔をしたり、しかめっ面をしたり、なかなか面白い。……だが、弱っている姿はあまり見たくない、とも思う」

その一言に、私は僅《わず》かに目を見開いた。

――驚いたな。まさか、殿下がそんな……普通の人間のようなことを言うとは。

「それはなぜですか？」

「うーん、なぜだろうね。色んなラシェルを見つけるのは面白いけど、弱っているラシェルを見たいとは思わない。まぁ誰だって、見知った者の苦しむ姿は見たくないだろう？」

その答えを聞いて、思わずまた大きなため息が出る。殿下をもう一度ジッと見ると、殿下は怪訝《けげん》そうな視線を私へと向けた。その様子にまたため息が出そうになるのを無理やり止めた。

そんな私に、殿下は不思議そうに首を傾げる。

「どうした、シリル。疲れているなら休憩にするか？」

「いえ、結構です。あなたに聞いた私が間違っていました」

「は？」

そうだった。殿下に人間の一般的な感覚を求めるなんて、私が間違っていた。そんなことをあっさりと分かったら、それは殿下ではないな。うん。

「さ、仕事してください。まだまだ今日の分は終わりませんよ」

私の言葉に、殿下はまだ納得できない顔をしていたが、渋々と資料にペンで書き込み始めた。自分の執務机へと戻ると、私はそんな殿下の姿を、いつもの無表情でジッと見つめる。

——あの、病弱になったことで性格まで変わった少女は、殿下にどこまで変化をもたらすか。

殿下は大人を超える能力を持ちながら、自分の心情の変化に疎い。この間まで、彼女の変化の原因だけに興味を持っていたが、今は彼女自身を見始めている。

だが、彼のこれまでの人生の全ては、成し遂げるべき目標が第一であった。そのために彼は自身の甘え全てを排除し、子供時代を終わらせたかのように見えた。

王太子として生まれた殿下は、生まれた時から既に特別な存在であった。同時に、彼自身を見られるより、彼の能力を計られて生きてきた。それに伴い、損得、興味のありなしでしか他人を判断したことのなかった彼には、まだまだ自分の感情を理解することは難しそうだ。

よい変化であればいいが。悪い変化であれば……。

――そうだな、慎重に見極めなければいけないいな。

私は目を瞑り、一時集中する。そして再度目を見開き、書類の束から紙を1枚取ると、作業を再開した。

◆◇◆◇◆

目の前の料理をスプーンで軽く掬《すく》うと、舌の上に乗せるように入れる。すると、体全体に染み渡る温かさに、思わず言葉が漏れる。

「美味しい……」

見た目はよいとは言えない。とろっとして、スープのようにも見えるけど、それとも違う。

だが、ひと口食べるだけで頬が緩むのを感じる。

それを見て、緊張した面持ちのサミュエルは、ほっと力を抜いたようだ。

「これは粥《かゆ》と呼ばれるものです」

「粥？　初めて聞いたわ。どこの料理なの？」

初めて聞く料理名に、思わず首を傾げてしまう。どうやらこの国の料理ではなさそうだ。周囲の国々には、そのような名の料理はあっただろうか。記憶を探ろうと考え込むが、答えは出てこない。

「……東の方の料理ですね。材料の米はこの周辺の国では比較的食べられているので、手に入りやすいんです」

サミュエルは少し視線を泳がせ、何と言おうかと言い淀《よど》んだように見えた。国名を言わないのは、詳細は分からないのか。それとも言えない理由があるのか……。

でも、本人が言わないことをあえて聞き出す必要はない。

「食べたのは初めてだけど、米は聞いたことがあるわ。市井《しせい》では食べられているとか。炒めたり、スープに入れたりするのよね？」

「そうですね。そういった食べ方がこの辺りでは多いですね」

「これは違うの？」

塩っぽさと甘みのあるシンプルな味が体に染み渡る。スープにパンを浸して食べることもあるが、スープ自体の味付けもあり、なかなか沢山は食べられない。

だが、この粥には僅かな味しかない。だからこそ食べられるのだろうか。

粥をジッと見つめながら考え込んでいると、サミュエルが穏やかに微笑んで口を開いた。

「この粥は普通のものより味付けはシンプルに、水を多くしています」

「そうなの？」

「はい。食事量に応じて米の量を増やして、魚や野菜、卵も入れていきますね。ほかにも体に優しい野菜の煮物などもお出ししますね。食べる量を徐々に増やして、体を慣らしていきましょう」

なるほど。このシンプルな味付けは最初だからなのか。確かに色んな食材が入ったものよりも、1つの食材の方が食べやすい。しかも、喉を通りやすく工夫しているからこそだろう。

「もう少し食べられそう」

そうポツリと呟いた言葉に、サミュエルは穏やかに微笑んだまま首を横に振った。

「いえ、食べ慣れない食材ですし、少しずつにしましょう。それに、気分が優れなくなるのもよくありません」

確かにその通りだ。食べられたからといって、今無理をして体調を崩してしまったら何の意味もない。こうしてちゃんと止めてくれるサミュエルは、出会って数日だというのにとても信頼できる人物なのではと思わせる。

「そうね。サミュエル、ありがとう」

「いえ」

今まで用意してくれていた食事を残してばかりで、試行錯誤してくれている料理人たちには申しわけなかった。それでも、一つ気付いたことがある。

「美味しくご飯を食べられるって素敵なことなのね」

「食べるものが美味しい。それだけで人は逞《たくま》しく生きていける、と俺は思います」

私の言葉にサミュエルは、細い目をさらに細めて嬉しそうに笑う。確かに彼の言うことには一理ある。食事を美味しいと感じる。それはとても尊い感情で、人生を豊かにする要因となり得るのかもしれない。

「ふふ、これからも楽しみにしているわ」

「はい、では失礼します。何かあればまた言ってください」

サミュエルはトレーに載せた食器を持ち、小さく頭を下げてから部屋を出て行った。

それにしても、食事の大切さなんて考えたこともなかった。当たり前のように美味しい料理が沢山並べられていたから。

過去に戻ってからというもの、それまで気付かなかったことに気付かされることが沢山ある。

つまりは、以前はあまりにも何も見えていなかったということでもあるが。

それでも、先ほどの食事を思い出すと「ふふっ」とつい顔が緩んで、笑みが溢れてしまう。

あぁ、やっぱり私は世界が狭かったのね。今はこの部屋の中だけの閉ざされた世界にいながら、どんどん私の中の世界は広がっている。まだまだ私の知らないことが沢山あるんだ。そう思うだけで、心が浮き立つのを感じる。
——サミュエルを連れてきてくれた殿下に感謝しなくてはいけないわね。

先ほどの粥を思い出すと、やはり不思議としか言い表せない。本当に面白い発想をする料理人なのか。それとも、博識なのか。

ただ、少し心配な点もある。私の考えすぎならばよいが、こんなにも斬新な料理をほかの料理人が受け入れられるだろうか、ということだ。

そして、この料理はやはり料理人たちの間でちょっとした問題を起こしたようだ。というのも、サミュエルが我が侯爵家に来てから数日、独特な味付けと調味料に、料理人たちは興味津々《しんしん》だったようだ。

ただ一人料理長だけは、謎の料理を作り出す彼に懐疑的であったらしい。何より、自分が作ったものは私が食べられなかったが、サミュエルが作ったものは食べられた。それが、長く侯爵家を支えてきた料理長のプライドを刺激したのだ。

しばらくはギスギスした雰囲気だったそうだが、その状況を打破したのもまた、サミュエル自身だったそうだ。サラ曰く、厳つい風貌に似合わず腰が低く、困っている使用人には率先して手助けする優しさがあるらしい。その人柄に、やがて気難しい料理長でさえ、頑《かたく》なな態度からゆっくりと柔化しているそうだ。

サラの話を聞き、この感じなら、サミュエルはすぐに侯爵家に馴染めるだろうと安堵した。

数日が経つ頃には、サミュエルの料理に徐々に体が慣れてきたことを実感する。

「お嬢様、顔色がだいぶよくなりましたね」

「えぇ、本当にサミュエルの作る料理は不思議ね！　食事の時間になると自然とお腹が空くの」

「いいことですね」

サラが私の目の前に新しく淹《い》れた紅茶のカップを置いてくれた。それに対して「ありがとう」と告げると、サラはにっこりと微笑む。そして、私は本日2冊目の本にまた視線を戻した。

そう。あれから、食べる量が徐々に増え、起き上がっていられる時間が増えてきたのだ。まだ、ベッドと机の行き来で少し息はあがるものの、だいぶ調子がいい。やはり食事をとるようになると、筋力は落ちたとはいえ、力が湧くのを感じる。

サラが、ふと思い出したように口を開く。

「そういえば、今日は王太子殿下が学園の帰りに来られるそうですね」

「えぇ、最近は忙しかったようだから2週間ぶりかしら？　陛下の代わりに同盟国へ行くと手紙に書いてあったわね」

サラから言われて思い出す。そう、今日は殿下が久しぶりに我が家にやってくるのだ。最近は自分のことで精一杯で、殿下の訪問がしばらくなかったことをつい忘れてしまっていた。

「そうでしたね。殿下もお嬢様に会いたかったのでは？」

「会いたい？　殿下が私に？」

――想像がつかない。

確かに、最近の殿下は、かつて見せたことがなかった表情を多々見せるようになっていた。

だが、どちらかというと、からかって楽しんでいるようにも思う。

でも、今こうして私が起き上がれるまでになったのは、殿下がサミュエルを連れてきてくれたからにほかならない。

――そうだ。ちゃんとお礼を言わなければ。

◆◇◆◇◆

「殿下、サミュエルのこと、ありがとうございます」

マルセル侯爵家のラシェルの部屋に通された私は、挨拶もそこそこに、目の前の婚約者から頭を下げられた。

「いや、それは彼が腕のいい料理人だからだろう。感謝は彼に」

「いえ、それも殿下が紹介してくれたお陰です」

顔を上げたラシェルは、力のこもった瞳でまっすぐに私を見つめる。

うん、顔つきがだいぶふっくらと戻ってきた。椅子に座っていてもふらつきが減ってきたようだし。

「なら、感謝は受け取ろう。それで、サミュエルの料理はどうだい？」

「本当に素晴らしい料理人です！　私、食事の大切さ、料理の奥深さに気付かされました」

サミュエルの話になると、ラシェルは本当に嬉しそうに顔を綻ばせて自然な笑顔を見せる。

その顔に思わず目を見開いてしまう。

はっきり言って、驚いた。ラシェルは色んな表情が面白いと思ったが、こんな顔は初めてだ。

こんな嬉しそうな顔をされると、私もついつられて頬が緩む。

――うん、悪くない。

こんな顔を見るのは悪くないな。ラシェルの嬉しそうな顔は非常に興味深い。この顔をもっと見ていたい。……もっと嬉しそうな顔をしてくれるにはどうすればいい？　そんな想いが沸々と湧いてくるのを感じる。

私にとって、ラシェルとのひとときは、日常から隔離された穏やかな時間だ。ラシェルのまっすぐに人を見る瞳は、自分のような嘘で固めた人間には眩しく感じられる。だが、自分にはないものだからか、余計に見たくなる。

そして、今のように楽しそうな姿、もっとそんなラシェルを見たくて、私はラシェルに話の続きをするように話を振った。

「料理の奥深さ、とは？」

「えぇ、殿下。同じ食材でも、調味料や火の入れ方など、調理法で全く変わるそうなのです」

「あぁ、確かにこの国でも地方によって、味付けなどは変わったりするからね。市井の食堂でも店ごとに変わったりするし」

私の何気ない話にラシェルは瞳を輝かせた。

「まぁ！　殿下は市井の食堂に行ったことがあるのですね」

「たまにね」

「なんと羨《うらや》ましい！　私、平民の暮らしを勘違いしていたのです。食事などでは、貴族よりも平民の方がもっと沢山の調理法があるとか」

「そうだね。貴族は決まったコース料理が一番だという凝り固まった考えが強いからな」

「なんと損をしているのでしょう！」

今までになく饒舌《じょうぜつ》に話すラシェルに、私は思わず笑ってしまう。こんなにも熱弁をふるうラシェルは初めてだ。しかも市井への興味など。

――本当にこの子は変わったのだな。

「今度サラに買ってきてもらおうかしら？」などと唇に指を当てて思案しているラシェルをまじまじと見て不思議に思う。病にかかる前は、やれあの貴族が、あの観劇が、などという会話しかなかったのだから。だが自分としては、こんな風に気持ちのまま話すラシェルとの時間が、今は楽しくて仕方ない。

それに、陛下の代わりに他国の催しに招かれて、しばらくここにも来ることができなかった。不思議と、今ラシェルはどうしているだろうか、体調を崩してはいないだろうか、などと頭に浮かんだりもした。これも今まで感じたことのないものだ。

——ふむ、どうやら私は、この空間をずいぶん好ましく感じているのだな。

そう自覚すると不思議なことに、ラシェルと過ごす時間は、以前よりもさらにあっという間に過ぎていくかのようだ。その後もラシェルの話に耳を傾けることが楽しく、いつもと同じく帰る時間になると、どこか空虚な気持ちになった。

「それで、何を悩んでいるのです？」

その声にハッと息を飲む。侯爵邸から王宮の執務室へと戻り、仕事をしていたはずが、積み上がっている書類をただボーッと眺めていたらしい。

苛立《いらだ》ったシリルに痺れを切らしたように声をかけられるまで、気付かなかった。

「悩んでいる？　私が？」

「そうでしょう？　あなたは今まで、仕事が手につかない、なんてことはなかったでしょう」

確かに、そう言われてみると、かつて仕事中に意識をほかに向けるなんてことはなかった。

「それはそうなんだが……シリルに相談しても、役に立たなそうだからな」

「酷い言われようですね。それで？」

シリルに話を促されるが、言うべきかと思案する。だが《早く言え》と言わんばかりのシリルの視線に、知らず知らずのうちに大きなため息をつく。

そして、観念して重い口を開いた。

「……何をプレゼントしたらラシェルが笑うかなと」

「何でもいいでしょう。女性なら花やアクセサリーはどうです？　定期的にプレゼントしていたではないですか」

シリルは私の答えに、若干面倒臭そうに眉間に皺を寄せる。言葉にせずとも、今《何だそんなことか》と思っていることぐらい容易に分かる。

それを裏付けるかのように、彼は積み上がった書類のさらに上に、数枚の書類をわざとらしく追加で置いた。

確かに、シリルの言う通りだったのだ。そう、今まではそれでよかった。流行《はや》りのアクセサリーを送り、適切な花言葉の花を送る。ついでにメッセージも忘れない。そうしておけば、何も面倒なことは起こらない。そう考えていた。

だがあのラシェルが、果たしてそんな心のこもっていないもので喜ぶだろうか。あのような嬉しそうな顔をするだろうか。逆に、その辺りに咲いた野花でさえも、それでなければいけないという特別な理由があれば喜ぶのではないか。……特別な何か。彼女の笑顔を見られるもの。今日の嬉しそうな顔はサミュエルが引き出したものだ。それでは駄目だ。ほかの誰でもない、私がその笑顔を引き出さなければ意味がない。

だが正直、自分にそれができるのか、とも思う。

最近、己のことなのに理解できない瞬間がある。ラシェルは興味の対象ではあるが、なぜプレゼント一つでこんなにも迷うのか。

――なぜ、あの笑顔を欲してしまうのだろうか。

◆◇◆◇◆

「お嬢様、殿下がお見えになりました」

サラの声かけに、読んでいた本から廊下の方へと意識を移す。そこで初めて、自室の外が何やら騒がしいことに気付いた。

何だろう。そう思っていたのはサラも一緒だったようで、２人で顔を見合わせて首を傾げてしまう。その答えは、殿下と共にやってきた。

「これは？　何やら椅子に車輪がついていますけど」

「車椅子というものだ。これがあれば、屋敷内の庭を散歩できるかと思って」

殿下が訪問と一緒に持ってきたのは、何やら不思議な椅子。初めて目にするものに、興味よりも先に目を丸くしてしまう。

殿下の説明を聞くと、これはどうやら、馬車の小型版ということなのかしら。思わずじっくり、この《車椅子》とやらを見る。

椅子に大きな車輪と小さな車輪がついている。椅子の後ろには持ち手があって、これを押してもらうと動くのか。確かによく考えられている。

「市井では荷車を使ったりするそうだ。この車椅子も隣国では割と使用されていると聞いて」

「確かに、これがあれば疲れずに庭園を散歩できそうですね」

「あぁ、話に聞いたものを職人と相談しながら作ってもらったんだ。……座ってくれるだろうか？　もちろん耐久性は大丈夫だ。私が座って動きも確認した」

殿下はいつもの自信満々の姿ではなく、眉を下げて、どこか不安気な様子だ。確かにこの急な贈り物には驚いたが、私のために、と考えてくれたのだろう。

――それにしても、今殿下は何と言った？　座って確認？　……殿下が？

「殿下が座ったのですか？」

「あぁ。ラシェルが座って怪我でもしたら困るからな」

「殿下が、これに」

一国の王太子が、ああでもない、こうでもないなんて話し合いながら作ってくれたのだろうか。

想像するだけで、思わず口元に笑いが込み上げてきてしまう。

「ふふ、ありがとうございます。今日は調子がいいので、早速《さっそく》庭に出てみませんか？」

「あぁ！　外までは私が抱いていこう。シリル、車椅子を広間まで運んでくれ」

「分かりました」

脇に控えていたシリルが、サッと車椅子を持ち上げると、先に部屋を出て行く。

そして、殿下は椅子に腰かけていた私を優しく横抱きにし、ゆっくりと部屋を出る。殿下は前にも横抱きにして運んでくれたが、この体勢は本当に恥ずかしい。少し見上げると、すぐに涼しい顔をした殿下の整った顔があるのだから。

――それにしても、車椅子か。

食事によって少しは力が出るようになったので、家の中は極力歩くようにしている。何度か休みながらではあるが。だが、移動だけで体力を消耗することもよくあり、椅子を私の元へ運んでくれるサラには申しわけなく感じていた。でも、この車椅子があれば、手を煩わせることが減るのではないか。

広間に着くと、殿下は私を丁寧に車椅子に座らせてくれた。

「すぐに戻ってくるから、君たちはここで待っていてくれ」

車椅子を押すのは殿下のようで、私の背中の方へと回った。

「座り心地はどうだ」

「えぇ、大丈夫です。これなら長く座っていても痛くなさそうです」

「それはよかった。では進むぞ」

殿下の声かけと共に、本当に椅子が動き出した。その初めての感覚に心が浮き立ち、子供のようにはしゃぎそうになる。

「わぁ！　本当に椅子が動きました！」

「あぁ、できる限りゆっくりと進むが、早かったら教えてくれ」

殿下は車椅子を後ろから押しながら、穏やかな声で私に話しかけた。その時、殿下のさらに後ろから、私たちを呼び止める声が聞こえた。

「お嬢様、帽子を。外は日差しが出ておりますから」

「あら、すっかり忘れていたわ！　ありがとう、サラ」

進み出した私たちの元にサラが足早に近づいて、私にツバの広い帽子を差し出す。

しばらく外出などしていなかったから、外で帽子や日傘を差すことさえ忘れてしまっていた。

久しぶりの帽子は、以前だったら何も思わなかっただろう。だが今は、こんな小さなことでも嬉しく思うのだから、不思議なものだ。

殿下は私が帽子を被るのを確認すると、「進むぞ」と私に一言かけてから、ゆっくりと動き始める。

想像よりも動く椅子の座り心地は悪くない。それよりも、低い目線で動くのが変な感じがする。

大きな玄関扉を通り、まず感じたのは、久しぶりに触れる外の空気。体の全てを使ってそれを思い出すように、目を閉じて大きく深呼吸をする。

あぁ、空が青い、鳥の声が聞こえる。

――なんて、なんて美しいのかしら。

殿下が押す車椅子はゆっくりと庭園の中へと進んでいく。ダリアにバラ、秋の優しい風に連れられた花の香りに包み込まれるかのよう。

「こんなにも外の世界は輝いているのですね。空の青さ、花の甘い香り、噴水の水しぶきの煌めき。当たり前のことすぎて、忘れていました」

「私も君と一緒でなければ、花に足を止めたり、空を見上て、美しいと思うこともなかったよ」

花が咲き誇る庭園中央の噴水の近くに車椅子を止め、殿下は私の隣に立つと、私と目線を合わせるように膝を立ててしゃがんだ。

「殿下、このような素敵な贈り物をありがとうございます」

感動のあまり、うっすらと涙が込み上げそうになる。庭園を見渡す私は、本当に幸せそうな顔をしているのではないか。

きっと、この瞬間を私は忘れない。戻ってくることができた。この美しさに気付くことができたこの気持ちを……。

殿下は「まいったな」と小さく呟くと、眩しいものを見るかのように目を細めた。

「あまりにも眩しいな。ありがとう、ラシェル」

「なぜ？　お礼は私が言うべきことで……」

「いや、これでいいんだ。こんなに世界を美しく思うのも、愛おしい時間も初めてなんだ。気持ちを言葉に表せないが、全て君がくれたものだ」

殿下が何を考えてそう言ったのかは分からない。だが、何かを理解したような清々しい表情と決意の顔に、私は何も言えなくなった。

殿下はすぐに「さぁ、体が冷える前に戻ろう」と自分が着ていた上着を私の肩にかけ、玄関へと戻った。

帰りがけに「しばらく来られないと思うが、家庭教師は手配しておいた。何かあれば手紙をくれ」とだけ私に伝え、颯爽と去っていった。

◆◇◆◇◆

車椅子が我が家にやってきてから、私の行動範囲は大幅に広がった。今日も、庭の花々に囲まれたガラス張りのコンサバトリーの中で本を読んでいた。天候がよい日は、ガラス越しに暖かな日差しが入るこの場所の小さなティーテーブルが私の定位置となった。

サラが置いておいてくれた紅茶の入ったカップを持ち上げ、一口飲む。

茶葉は、殿下が贈ってくれたローズティーだ。茶葉の中にバラの花弁が入っており、花の華やかな香りと甘い味わいで、心を穏やかにし、癒しの時間を与えてくれる。

「それにしても、本当に近頃はお見えにならないわね」

ふと、この茶葉の送り主のことを考える。殿下は、しばらく来られないという言葉通りに、ここ数週間は本当に姿を現すことがない。ただ、その代わりに手紙とこういった茶葉や私の好みそうな本を贈ってくれる。

ちなみに、本人が現れないので、婚約解消の話が進んでいるのか少し疑問に感じたりもしている。以前、今回のことで婚約は解消されるだろうと父も言っていたため、父に聞くと「陛下との話が難航していてね。絶対悪いようにはしないからこの父に任せてくれ」と、こちらもあまりスッキリしない会話となった。

――こんな体では王太子妃なんて無理なのに。みんな、何を考えているのだろう。

殿下のことを知れば知るほど、距離が近くなるほど、どうしたらいいのか分からなくなる。今までは殿下のことを、その整った顔つき、王族の特別な魔力や頭のよさ、そんなことしか見ていなかった。

でも、最近は違う。はにかんだような顔、不安そうな顔、顔をくしゃくしゃにした笑顔。どれもが初めて見る顔だった。そして、この間のあの何かを決意した顔……あれは何なのだろうか。深く考えようとして、ハッとする。駄目だ、駄目、こんなことを考えては。私は無理やり殿下のことを意識から遠ざけようと首を何度か振り、一つ深呼吸をする。

どうせ聖女が現れたら、殿下はそちらに行ってしまう。この国を導く存在である殿下の隣には、あの慈悲深い聖女がいる。それが一番あるべき姿なんだ。

こんな魔力のなくなった私なんかではなく。だったら、何も考えたくない。新しい殿下なんて知りたくない。

私は、新たに生まれそうになる感情を、無理やり蓋をして閉じ込める。

「お嬢様」

思考の闇に沈み込もうとする私に、サラが優しく声をかける。

「そろそろ戻りましょう。もう少しでブリュエット先生が来られるかと」

「そうね。サラ、部屋まで連れて行ってちょうだい」

「はい」

穏やかに微笑むと、サラは私の後ろに回り込み、車椅子をゆっくりと動かした。

この数週間で変わったことはもう一つある。殿下が紹介してくれた家庭教師、ブリュエット先生が、週に3日来てくれるようになったことだ。

ブリュエット先生は、赤い髪を後れ毛の一つもないシニヨンにし、細い銀縁のメガネをかけた女性だ。元々は国立魔術研究所の所長補佐をしていた優秀な方である。厳しいところもあるが、いつも分かりにくい部分をしっかりと理解できるまで教えてくれる。

また、出される課題はなかなか面白く、学ぶことがとても多い。

「マルセル嬢、この間の課題はとてもよく考えられていましたね。この国の気候と農作物についてよく勉強しています」

「ブリュエット先生、ありがとうございます。先生からお貸しいただいた本が、とても分かりやすくて助かりました」

「では、今日はこの国と精霊の関係についてですね。マルセル嬢、精霊について分かっていることを説明してください」

ブリュエット先生は魔術史の教科書を開き、私の隣の椅子に腰かける。

「はい。精霊は通常、属性ごとに集団となって生活していることが分かっています。また通常は、精霊召喚の儀でしか精霊を呼び出すことはできません」

「そうですね。では、精霊召喚の儀で行なわれることは？」

「自分と相性のよい精霊が呼応して現れると、精霊に名を与えて、その力を貸してもらうことができます」

この辺りは、前回の経験からよく知っている。以前の私はこの精霊召喚の儀で、水の中位精霊を呼び出すことができた。大きくて可愛らしい、水色の犬のような風貌の子だ。

高位精霊でなければ言葉を話すことはないらしいから、普通の犬と同じように「ワンワン」としか喋《しゃべ》らなかったが。

それに、精霊は気まぐれだ。いつもは側におらず、精霊の住処《すみか》にいて、時々思い出したかのように現れるのだ。だが、貸し与える力は精霊と契約者の魔力で繋《つな》がっているため、離れていようが関係ない。魔力のない私は、悲しいことだが……あの子に会うことはもうできないだろう。

沈み込みそうになる意識の中で、先生の問いかけにハッとする。駄目、今は授業に集中しなくては。私が過去を思い出している間も、ブリュエット先生の授業は続く。

「その通りです。では、例外は？」

「例外は、精霊王です。精霊王は名を持っており、通常、人の前に現れることはありません。ただ、光の精霊王は時おり人に慈悲を与え、惹かれる魂を持つものに加護を与えます」

「ええそう、それが聖女です。光の精霊王が最後に人の前に現れたのが３００年前なので、その３００年前の聖女が一番新しいとされていますね。また、聖女の力は王族以外には秘匿《ひとく》されています。なぜなら、人間とは欲深いもの。力を広めすぎると、それに依存してしまう。そのため、聖女は象徴とされています」

ブリュエット先生の言葉に、目を見開いて驚いてしまう。今の話が本当ならば、聖女とは本当は象徴ではない、ということ？

学園では、加護とは、光の精霊王が好んだ人間へと与える守りの力、とされていた。他者に対しては何ら力を発揮しない、と。本人に力はなくとも《精霊王が加護を与えた聖女》という存在自体に意味がある。精霊がこの国を見守ってくれているという象徴であるからだ。そのため、人々は聖女を敬い、信仰する。

だが、そうではない？　精霊が力を貸す関係は契約。一方、精霊王が力を貸すのは加護。確かに呼び名が違う。それが意図されたものであるなら。

「先生、聖女の力とは何なのでしょう」

「それは私にも分かりません。聖女本人と王族以外には誰も知り得ないのです」

「その話は私が聞いても大丈夫だったのでしょうか」

「えぇ、あなたは悪用しないでしょう。それに、どんな力か分からなければ使いようもない」

ブリュエット先生の言葉に、何も言えなくなる。続けて先生は、精霊の住処についての授業を始めた。だが、私は先ほどの聖女の話がとても引っかかり、授業の後もずっと先生の話を思い出していた。

そしてあまりにも考えすぎていたせいか、その夜、私は高熱で寝込むこととなった。

◆◇◆◇◆

体中が熱い。息が早くなる。目蓋が重い。何か冷たいもの、冷たいものがほしい。そう願ったその時。頭の上に温かい何かが触れる感触がした直後、冷んやりとしてきた。

る。

「気持ちいい……」

誰かの呟きが耳の遠くでかすかに聞こえ、今まで寝苦しかったのが嘘のように呼吸が楽にな

すると、今度は急に眠気が襲ってきた。

——眠い。

「ラシェル、おやすみ」

優しい声で誰かが私の名を呼んだ？　聞き慣れた安心する声。髪を撫でられる感触がある。とても大事なものを扱うかのように、優しさに溢れた感覚だ。でも、誰？　目を開けようとするが目は開くことなく、その前に私は眠りへと落ちた。

その後は今までの状態が嘘のように、目が覚めた後もどこかスッキリとしていた。ただの風邪による発熱だったようで、しばらくは咳《せき》が続いたが。

「サラ、ありがとう」

「あの熱を出した日から、今度は咳も出るようになって、ここ1週間はずっとベッドの上になってしまいましたね」

そう、あの発熱した時から、今日で1週間が経った。風邪も合わさってか、私の熱は何度も上がり下がりを繰り返した。そして、ようやく落ち着いた。やっぱり、この体は、少し体調が

悪くなるとすぐに悪化してしまうようだ。これは本当に気を付けなければ危ないかもしれないな、と考えながら苦笑いしてしまう。

「そういえば、寝込んでいる間に誰か来たかしら？」

「はい、殿下がお越しに。今日届けられた花はこちらに活けておきますね」

「殿下、そう殿下も来てくれていたのね」

「はい。熱が上がってすぐに、急いで来られました。お嬢様が寝られるまでお側についてくださっていましたよ」

「そう。では、あとでお礼を伝えないと」

そこでサラは「あっ」と目線を上げて思い出したかのように声を上げる。

「そういえば、殿下と一緒に魔術師様も来られていました」

「魔術師様？」

「はい。長い銀髪の、女性と見間違えるようなお美しい方でした」

サラの言葉に、すぐにある人物がパッと思い浮かぶ。銀髪の中性的な美形で魔術師、その特徴は彼しかいないだろう。

テオドール・カミュ。現在22歳、カミュ侯爵の嫡男である。のちの侯爵となるが、現在はフリオン子爵を名乗っている。前魔術師団長を父に持ち、本人も高い魔力を持つらしい。

その才能は国一番と言われた父をも超えるとの噂だ。新人ながら魔術師団で既に頭角を現しているという。

彼と殿下は歳の離れた幼馴染であるから、私も挨拶ぐらいはしたことがある。

初対面でも距離感が近く、殿下の婚約者であるからと名前で呼ぶことを簡単に許してくれた。

だが、元々年齢も離れているし、前の生でもあまり関わっていなかった。その彼が、なぜ我が家に？　しかも見舞いに同伴？　どういうことかしら。

「あぁ。そういえば、殿下はずいぶんお疲れのようでしたね」

「えっ？」

サラが花瓶に花を活けながら、私へと視線を向けた。

「少し目元に隈ができていたので」

「そういえば、しばらく来られないと言っていたから、お忙しいのかしら。それなのにお見舞いに来てくれたなんて、申しわけないわ」

「いえいえ、それだけお嬢様を心配なさっていたのですよ。だって、あの殿下が血相を変えてお越しになりましたから。それに、シャツのボタンをかけ違えていましたよ」

サラが内緒話をするかのように、口元に手を当てて小声で言う。その様子を想像し、思わず目を丸くしてしまう。

「殿下が？　想像がつかないわ」

「はい。私も見間違えたかと、何度もこっそり確認してしまいました」

あの殿下が、シャツのボタンのかけ違い。あのどこまでも完璧な殿下が。想像するだけで、何だか可愛らしいわ。

沸々と込み上げてくる笑いを堪《こら》え切れず、思わず「ふふっ、あの殿下が」と呟きとして漏れてしまう。そしてサラと目が合い、また2人で肩を震わせることとなった。

ひとしきりサラと笑い合った後、コンコンとノックの音がする。

「はい」

「失礼するよ」

返事の声と同時に入ってきた父は、私の顔を見ると、安心したかのように目尻を下げる。

「お父様、いくら娘の部屋だからといって、返事を聞いてすぐドアを開けるのはどうかと思います」

「はは、すまない。ポールから、ラシェルの体調がよくなったと聞いてね。すぐに顔を見たくなったのだよ」

「まぁ！　それなら仕方がないですわね」

ダークブラウンの髪色に深緑色の少し垂れ目の優し気な顔つきの父は、40歳だというのに童顔なこともあり、10歳は若く見える。

母ではなくこの父に似ていれば、私ももっと優しそうに見えただろう。父の弟の息子であるエルネストの方がよっぽど似ていると思う。

だが、私は優しい母が大好きだ。今回寝込んでいた時も、寝不足になりながら側で看病してくれていた。本当に素晴らしい両親のもとに生まれてくることができたと思う。

そういえば、さっきのこと、父に聞けば分かるかもしれない。

「殿下がお見舞いに来てくださったそうですが、テオドール様も同伴されたとか。お父様、何か聞いていますか？」

「ふむ。そういえば、フリオン子爵も来たとポールが報告していたな」

父は思案顔で、顎に手を置いている。元々髭が生えにくいため、毎日綺麗に剃っている顎に手を置いて摩《さす》るのは、父が考えごとをする時の癖だ。

「どうやら殿下は最近彼と一緒にいることが多いらしい。彼は噂通り優秀だから、殿下の調べ物に役立っているのだろう」

「調べ物？」

「あぁ、陛下に止められているから、詳しくは言えないが」

陛下に止められている？　テオドール様と協力して、内密の仕事でもしているのかしら。

「ちなみに、フリオン子爵は医療面にも詳しいらしい。その関係で連れてきたのだと思うよ」

「本当に優秀な方なのね。では、テオドール様にもお礼の手紙を書かなくては」

「そうだね。あぁ……ラシェル。とても残念なのだが……私はこれからまた城に戻らなくてはならない」

「そうなのですね。お父様もお体に気をつけて」

「あぁ。顔色がよくなって本当に安心したよ。でも、病み上がりなのだから、無理をしてはいけないよ」

父は少し申しわけなさそうに眉を下げるが、娘への確かな愛情を感じさせる柔らかい表情で、私の髪をゆっくりと撫でる。

「えぇ、今日はもう少し休むこととします。お父様、心配してくださってありがとう」

父は穏やかな顔つきで一つ頷き、名残惜しそうに部屋を出て行った。

そして、私はもう一眠りしたあとに、サラに頼んでベッドに便箋を持ってきてもらう。殿下とテオドール様、そして見舞いに来てくれたエルネストにお礼の手紙を書くためだ。

だがその後、私は深く考えることなく送った手紙の返事に驚くことになる。

というのも、あのテオドール・カミュからの返事を要約すると《訪問したい》という内容だったからだ。

3章　闇の精霊

「久しぶりだね、ラシェル嬢」

「ご無沙汰しております、テオドール様」

あの手紙から数日、体調も安定した私は、応接間にテオドール様を迎えていた。殿下とテオドール様との間でどのような話があったのか分からないが、殿下は今日のテオドール様の訪問を了承している。

殿下も来る予定で調整していたそうだが、多忙のために叶わなかったので、テオドール様一人の訪問だ。

テオドール様は長い銀髪を黒い紐で一つにまとめ、黒のローブを纏っている。スラリとした長身と甘い顔立ちの彼と、殿下とが並ぶと、いつも女性たちの視線は全てその2人へと注がれていた。

こんなに女性から熱視線を浴びているのに、いまだに婚約者もいないらしい。弟さんもいることから、結婚にそこまで拘りがないようだ。

《あいつは変わり者だから》とは殿下の言葉である。

「この前、よく眠れたでしょ？」

「この前？」

「あぁ、俺の顔は見ていなかったか。この前、ここに来た時、苦しそうだったから、強制的に眠りの魔術をかけたんだ」

テオドール様は目の前に置かれたカップを持ち上げて一口飲むと、ニヤリと悪戯っ子のような顔をする。

確かに寝込んでいた時に一度、急に苦しさがなくなり、眠気が強くなった時があった。あれはこの方がかけてくれた魔術のお陰だったのか。

「先日はありがとうございます。わざわざお越しいただきまして」

「いや、ルイの付き添いだからね」

王太子殿下を呼び捨てとは。いくら親しいといっても、大丈夫なのだろうか。

驚いたような顔をしたのに気付いたのか、テオドール様は「あぁ」と納得するように頷く。

「あいつとはプライベートでは対等な関係にしているんだ。もちろん、他人がいるところではそんな気軽に話さないよ」

「他人……」

えっ、私は他人よね？

「君はさ、俺の勘が大丈夫って言っている」

「勘?」

「そう、勘。結構そういうのに頼るのは大事なことだよ。いつも真面目な話ばっかりで、かしこまってると疲れちゃうでしょ? 俺もあいつも、それに君も」

「私が疲れる、ですか?」

「あぁ、表面には出ていないけど、思い詰めたような硬いオーラをしているよ。何があったのかなんて知らないいけど、もっと肩の力を抜けば?」

「肩の力?」

「そう、もっと楽に生きればいいよ。特別なものを得たり失ったり、そんなの、俺たちにはどうしようもない。だったらさ、笑って生きようよ」

あまりの物言いに、思わず茫然としてしまう。テオドール様は何を言っているのだろうか。この人は私のことを何も知らない。何があったか、何をしてしまったのかも知らない。それなのにこんなに軽く言ってのける。

だが、そうか。知らないからこそ言えるのかもしれない。知らないからこそ、この人には私が気付かない何かが見えるのかも。

それにしても、《笑って生きようよ》か。確かに過去に囚《とら》われすぎているのは分かっている。

だが、日々に必死すぎて、それをどうしようとも思っていなかった。

テオドール様の言葉は、とても軽いものだ。でも、軽いけど重い。その言葉は、まるで氷を溶かす陽だまりみたいだな。ふと、そんなことを思ってしまった。

私がつい、ポカンと気の抜けたような表情になるのを気にも留めずに、テオドール様は目の前のマドレーヌを手に取ると口に放り込んだ。しばらくモグモグと咀嚼《そしゃく》し、紅茶で一息つく。

そして、ようやくまた口を開く。

「だってさ、特別でしょ、君は」

「あの、特別って、どういうことでしょう。王太子殿下の婚約者という意味ですか？」

「まぁ、あいつにあんな顔させるのも特別だよな」

うんうん、とテオドールは、からかうように笑いながら何度も首を縦に振る。そして、「それもあるけど違う」と私の膝の上を指す。

「そこの猫、君のだろ？」

え？　猫？

思わず指を差された膝の上を見る。が、何もいない。いつものように私のワンピースの生地と、置かれた自分の手があるだけだ。

「あれ？　見えない？」

「……えっと、何かありますか？」

「あっ、そっか！　魔力がないのか。名前を付ければ見えるかな」

「名前？」

「そうそう。忘れていたよ。君さ、黒猫が膝の上にいます。さて、何と名付ける？」

はい？　急に黒猫？　なぜ、猫？

でも大事な質問なのかしら？　……黒猫。クロネコ……。

「クロ……でしょうか」

「クロ！　そのまんま！」

私の答えにテオドール様は思わず吹き出す。ツボに入ったようで、手で顔を覆い、何度も「クロ、クロ！」と自分の太腿《ふともも》を叩《たた》いて爆笑している。しかも、側で控えていたサラも顔を背けながら肩を震わせていた。

そんなに笑わなくてもいいのに、と思わず頬を膨らませそうになる。

「いやー、精霊にクロなんて名を付けるとはね。どこの飼い猫だよ」

ん？　は？　テオドール様は一体何を言っているの？　意味が分からず、ポカン、としてしまう。

――精霊？

「あれ、もう見えるでしょ。膝の上」

テオドール様の言っていることに疑問を抱きながら、私は首を動かして下を見る。

そこには、確かに黒猫が。

『ニャー』

膝の上でゴロゴロ寝転びながら、鳴いた。

えっ、君、どこから来たの？

「なぜ、猫が」

私が混乱して目が回りそうになるのをよそに、その猫、もといクロは、ぐぅーっと伸びをしながら欠伸《あくび》をしている。じぃっとクロを見つめると、クロもこちらを見た。体も瞳も真っ黒のクロは、その大きなクリクリの目をジッと向ける。

か、可愛い！　何、この可愛い生き物は！　えっ、猫ってこんなにも可愛いの？

どちらかというと私は犬派だった。以前の精霊が犬だったから。あの子は私の姿を見つけると、空を駆けるように走り、尻尾をはち切れんばかりに振った。その姿にとても癒されていた。

でも、猫にはまた違う可愛さがある。さっきまでこちらを見ていた視線は、今はもう飽きたとばかりにツンと背けて膝の上で大人しく座っている。

尻尾はまっすぐ上に伸びて、ゆっくりとユラユラ揺れている。それもまた、なんとも言えな

い可愛さがある。

この気持ちを何て表せばいいの！

思わず身悶える私をよそに、テオドール様は僅かに首を傾げる。

「えっ、だから精霊だよ。この間来た時からずっと側にいたから、不思議だったんだよね」

「ずっと側に？」

「そうなんだよね。寝ているラシェル嬢の隣でずっと顔を覗き込んでいたよ」

「まぁ！」

想像するだけでなんて可愛らしいの！　でも、待って。その話が本当なら……この可愛い猫ちゃんはいつから側にいたのかしら。

「それにしても、なぜここに精霊が？」

「うんうん」

「だって精霊は、召喚の儀でしか現れないはず」

「普通はね」

「それに精霊王以外の精霊は、人と契約するまでその姿を見ることはできないのですよね」

「そうだね」

「でも、テオドール様はこの猫が見えていたのでしょう？」

私の言葉に首だけを軽く縦に振りながら、適当に相槌を打っているのが分かる。だが、続く質問にテオドール様は、テーブルに肘をつき手の上に顎を乗せて、ニヤリと不適な笑みを零す。

「気付いちゃった？」

「普通、誰でも気付きます！」

テオドール様は少し視線を彷徨わせ、頭を指で掻きながら「まぁ、言ってもいいか」とボソッと呟いた。

「これは、あんまり広めたくない話なんだけど。俺さ、精霊とか他人のオーラとかが見えるんだよね」

精霊が見える？　通常、精霊を見るには、魔力の高さが大きく関わっている。魔法学園でも学年で5人ほどしか見ることはできないだろう。つまりほとんどの人は、精霊と契約することはできないのだ。

また、人と契約していない精霊は、通常その姿を見ることができない。精霊が人を契約者として認めると、まずその契約者にだけ姿を見せ。そして、名を与えることで精霊と人の世界に繋がりができ、他者にも認識できるようになる。

契約していない精霊を見るなんてことは、本当に可能なのだろうか。確かにかつての聖女は精霊王の加護を受けていたから、契約していない精霊を見ることができた、と言われている。

私が不思議そうにテオドール様とクロを見ていたものだから、テオドール様は口元を上げる。そして、先ほどの言葉に付け加えるように続けた。

「俺、一応は前の聖女の血が入っているからね。先祖返りでもしたんじゃない？」

「先祖返り？」

想像もつかない話に思わず目を丸くしてしまう。いや、でもあり得るかもしれない。前の聖女は王族に嫁いでいる。そして、カミュ侯爵家は何代も前に王女が降嫁《こうか》しているはずだ。

「そんなことが……」

「あぁ。この３００年の間、王族でもそんな力ある人、過去に２人しかいないらしいけど」

「２人ですか！　とてもすごいことではないですか」

先ほどからテオドール様は何でもないかのように軽い口調だが、その話す内容はとても信じられないことばかりである。何度も驚きすぎて、頭の中がこんがらがりそうだ。それに、魔力が高くて特別だと思っていた過去の自分は何なのだろう。

目の前にいるのは、本当の意味での特別な人だ。本当の特別な人は、その力をひけらかしたりなんてしないのね。その事実に、自分の過去を思い出すと、恥ずかしい思いでいっぱいになる。

本当にすごいわ。

さすが、国一番のカミュ侯爵を上回ると言われるはずだ。思わずテオドール様に尊敬の念を抱いてしまう。

「うーん。でも、俺も、さすがに召喚の儀以外で精霊が懐《なつ》いているのは初めて見たな」

確かに、召喚の儀以外で精霊に出会うなど考えもつかない。基本的に精霊は、自分の住処である森から出ない。召喚の儀で初めて森から出る精霊がほとんどだ。

――そう、この黒猫。

この子はなぜ私のところにいるのだろう。普通、精霊は契約相手の魔力の高さや質を気に入る。だが、私にはそもそも精霊が好むような魔力は存在しない。

「まぁ、とは言っても、俺も誰とも契約していない精霊は少しぼやけるけどな。でも、今はハッキリと見える。これは、闇の低位精霊だな」

え？　今テオドール様は何と言った？『闇』と言わなかっただろうか。

いやいや、まさか……えっ？　闇？

思わずクロを二度見してしまう。それに気付いたのか、クロも私の方を見上げる。大きな目は《何？》とでも言いたげな表情をしている。かもしれない？　うーん……しないでもない。

「えっ、闇？　そんなはずは」

「俺も闇の精霊なんておとぎ話の中の存在だと思っていたよ。闇の魔術の存在は、光があるのだからあるかも？　ぐらいの仮説だからな。魔術師団の持っている文献を遡っても、物語としてしか残っていない」

テオドール様は椅子から立ち、私の横にしゃがみ込むと、クロをまじまじと覗き見る。そして、クロの体に手を乗せる。優しげな顔つきでクロの体を撫でると、クロも嬉しそうに手に体を寄せて目を細めながら、喉をゴロゴロ鳴らせる。挙句にお腹まで見せ始めて「ニャー」と鳴き、撫でてくれとポーズしている。

テオドール様に懐くの、ずいぶん早いわね。あれ？　記憶違いでなければ、あなたが契約したのは私、よね？　まさかテオドール様と間違えた、なんてことは。さすがにないわよね。

……何だか自信をなくしてきたわ。

落ち込む私をしり目に、テオドール様は「まぁまぁ」とフォローするように言う。

「俺さ、精霊にかなり好かれる体質でさ」

「あぁ。もういちいち驚きません」

「でも、俺も闇なんて初めてだから、戸惑っているんだよ？」

全く戸惑っているようには見えない。むしろ楽しげに瞳を子供のようにキラキラさせているし。

テオドール様がクロから手を離して席へと戻ると、クロは体を起こして不満気な様子だ。私も恐る恐るクロへと手を伸ばして、優しく撫でる。

わぁ、毛が艶やかでとっても気持ちいい。

その毛並みを堪能していると、クロは撫で方に不満があったのか体を捩り、前足で私の手を押した。そして、また私の膝で丸くなると目を閉じた。

さっきはテオドール様にあんなに気持ちよさそうにしていたのに。思わず肩を落とす私に、テオドール様は面白そうに「はは」と笑った。

「それにしても、この子はなぜ私のところに来たのでしょう」

「それは俺には全く知りようがないことだ。いつから側にいたのか、なぜ森から離れたのか。闇の精霊についてはほとんど何も分かっていない」

「そうなのですね」

「でもさ、よかったじゃん」

「え？」

「だってさ、低位だけど、精霊と契約できたんだから。力を借りられるじゃん」

「力を？」

いまいちテオドール様の言いたいことが伝わらず、首を傾げる。すると、テオドール様は、その紅色の瞳を柔らかく細めた。

「魔力、貸してもらえるよ？」

その言葉にハッとする。あまりに色んなことに驚きすぎて、精霊と契約する根本的なメリットを忘れていた。

「だって、もう君たちは契約関係にあるんだからさ」

「確かに……そうですね」

そうであった。精霊と契約すると、その精霊の魔力を借りることができる。

クロを抱き上げると、私とクロの顔の位置は近くなり、クロのまん丸の瞳に目線を合わせる。

『ニャーニャー』と鳴くクロは何かを伝えたいように見える。

「もしかして……クロ、任せろってこと？」

『ニャー』

わぁ、返事をしたわ！　力強い鳴き声に、感動で目が潤みそうになる。

だが、そんな私に対して、向かいに座るテオドール様は冷静な声で、

「いや、この黒猫ちゃん、下ろせって」

——えっ、そうなの⁉

テオドール様の言葉に、慌ててクロをすぐに膝の上に戻す。クロは私の膝からサッと降りると、トコトコとテオドール様の元に向かい、ピョンと膝の上に乗る。テオドール様が「どうし

た？」と優しい声で聞くと、『ニャーン』と甘えた声で返事をする。

……負けた気分だわ。

クロと仲良くなるにはまだ時間が必要ね。ひとまず、猫のオモチャを調達しようかしら。やっぱり猫じゃらし？　ボールとかどうかしら。犬の精霊はボールが大好きだったけれど。

私の考えがどんどん違う方に向かっているのに気付いたのか、テオドール様は「だから、無条件に好かれやすいんだって」と慰めるような言葉を私にかけた。

「でもまぁ、この黒猫ちゃんは低位精霊だから、そんなに大した力はないよ」

「はい、そうですよね」

「でも、君の魔力は黒猫ちゃんのおかげで10分の1ぐらいは満ちたんじゃない？」

「10分の1」

「元々の魔力が高いから、そんなもんでしょ。今はまだ繋がったばかりで実感ないと思うけど」

「はい」

「少しずつ黒猫ちゃんの魔力が体に馴染んでくると思う。そうしたら、魔術なんかは全然使えないレベルだけど、日常生活は問題なさそうだ」

「そうなのですか？」

「あぁ、走ったりとかは難しいかな？　でも、歩いて出かけるとかは問題ないだろうな」

よかった……のよね。きっと、殿下も両親もそう言うだろう。

でも、本当にそれでいいのだろうか。こんな都合のいいことが私にあってもいいのだろうか。

「……こんな奇跡、私に起こるなんて……いいはずないのに」

思わず考えていたことが小さな呟きになって出てしまった。ハッとテオドール様を見るも、しっかりと聞こえていたらしい。彼はいつもの軽い表情を消し、真剣そうな顔つきをする。そして、まっすぐな瞳を私に向けた。

「何で駄目なわけ?」

「……私はそんな力を与えられるような、クロに選ばれるような人間ではないのです」

私の言ったその答えに、テオドール様は「ハッ」と乾いた笑い声を出す。

「そんな事情なんて知らないよ。この黒猫は君を選んだんだ。必要なのはその事実のみだ」

そうだった。今の言葉はクロを……せっかく私を選んでくれた子を否定するようなものだ。きっと、テオドール様にとって精霊は全てとても大切なものなのだろう。だからこそ、あんなにも優しく精霊を扱う。それを精霊も知っているかのようだ。そんなテオドール様だから、クロの気持ちに向き合わずに自分の都合で考えてしまった私の間違いを指摘した。

どこか私は自分の罪に対して、魔力枯渇は当然の報いだと感じていた。皆を傷付けたことへの。……だが、代償を得ることが償いになっていたのだろうか。勝手にそれが償いと感じていた自分の、なんと身勝手なことだろう。しかも、私を選んでくれたクロに対して失礼だった。

沈み込む気持ちを振り払うように、両手で自分の頬をパチンと叩く。

――うん、少し気合いが入った。

私の様子にテオドール様は驚いたように唖然とすると、「ハハッ」と笑い、目を細めた。ピリッとした空気が一気に消え去り、「令嬢が自分の頬っぺた叩くなんて聞いたことがない」とまた大きな声で笑い出した。

「ごめんね、クロ」

身をかがめて、テオドール様の膝にいるクロに目線を合わせるようにして言う。そんな私にクロは丸い目をジッと向けた。そして、次にテオドール様へと視線を動かす。

「テオドール様、私はもっと考えないといけないことがあるようです」

「そうみたいだね。思うところはあるだろうけど、とりあえず、よかったね」

穏やかな顔でそう微笑むテオドール様は、一枚の絵のような美しさだった。

テオドール様と話をすることで、自分が今後どうするべきかが徐々に見えてきた。

まずは、クロと、そして自分と向き合おう。後悔や反省じゃない。前を向いていくために、どうするか考えよう。

そう決意していると、テオドール様は膝に乗っていたクロを抱き上げて立ち上がり、クロを私の膝の上に置いた。

「はい。君と黒猫ちゃんが早く仲良くなれるといいね」

「ありがとうございます」

「それじゃあ、今日はこの辺にしとく」

そのまま、テオドール様は椅子に座ることなくドアの方へと向かう。その行動に慌てて椅子から立ち上がろうとする私を手で制した。

「まだ体は思うように動かない。そこでいいよ」

「申しわけありません。お気遣いありがとうございます」

「いや、俺もこれから色々と調べることが山積みだし、協力よろしくな」

「協力？」

「え？　だって闇の精霊が見つかったんだよ？　これってかなり歴史的なことだよ」

確かにそうだ。闇の精霊は分からないことだらけだ。それが見つかった今、精霊についての見解も変わってくるだろう。

「ちゃんと君が日常生活を送れるようにするよ。魔術コントロールがしっかりとできるまで、面倒を見てあげるしさ」

「はぁ……」

なんだか気の抜けたような私の返事を、テオドール様は気にも留めずに、「じゃあ、また」と手を上げ、軽くヒラヒラと振った。

サラが部屋の内側からドアを開けると、扉の前で待っていた執事が「玄関までお送りします」と声をかけた。そして、ゆっくりとテオドール様の背中が見えなくなる。

――バタン。

ドアが閉まると、何だか一気に疲れがやってきた気がする。目線を下げ、膝の上のクロを見ると、クロはツンと顔を背けている。……さっきクロの気持ちを受け入れられなかった私に気付いちゃったのかしら。

うーん。まだまだこれからね。とりあえず、早急にオモチャが必要かしら。

一人と一匹の部屋の中、私は早急にこの精霊と仲良くなる術を思い浮かべた。

◆◇◆◇◆

「クロ、猫じゃらしよ！」

あれから10日が経ち、クロと仲良くなるために、さまざまなオモチャを私は試している。

ちなみに、精霊は食事をしないと思っていた。ところが、私の部屋にサミュエルが作ったお菓子を持ってくると、すぐになくなってしまう事件が頻発した。

そして、クロを見てみると、口元にお菓子のクズが付いているではないか。クロに「もしかして食べた？」と問いかけても、顔を背けて『ニャーン』と返事をするだけだ。

でも、私は確信した。犯人は絶対にクロであると。

精霊は食事をしなくても問題ないが、もしかすると好きなものは食べるのかしら。そんな疑問が出てきた。それをテオドール様が来た時に話したところ、

『えー、精霊も食べるよ？　普通の動物だと甘いものとかあげるのはよくないけど、彼ら精霊には別に害はないし。美味しいものは好きらしいよ』

と普通のことのように言っていて、とても驚いてしまった。そんな当然のように言われても、基本的に、精霊は気まぐれだから、契約精霊でもすぐに森に帰ってしまう。

だから、精霊の日常生活など知らなかったのだ。クロのように人の側にずっといる精霊は稀《まれ》だろう。だが、そこで気付いたこともある。

そうか。お菓子で仲良くなれるじゃない！

動物と触れ合い、慣れてもらうために、エサやおやつを使うと聞いたことがある。これはいい作戦だわ！　と意気揚々と、お菓子で仲良くなろうと努力してみた。

だが、そこで思わぬ失敗に気付いたのだ。なんと、クロが目をつけたのは、実際にお菓子を

作っているサミュエルであった。

サミュエルが部屋に来ると、すぐに近寄り、サミュエルの足に体を擦りつけていた。ただ、サミュエル自身は精霊を見ることができない。そのため、彼は私の恨めしそうな視線に、ただ首を傾げるばかりであるが。

そんな失敗を経た後、原点回帰でクロの好きそうなオモチャで仲良くなる作戦を決行中である。猫はやっぱり猫じゃらしでしょう！　と思い、先端にフワフワの白い羽が数枚ついた棒をクロの前に持っていき振ってみる。

「クロー、クロー、遊びましょ」

クロはチラッと見てプイッと顔を背ける。だが、視線の先でふよふよと動くものが気になっているようだ。思わず。といった感じで、足元を猫じゃらしが掠《かす》めた瞬間に、シュッと前足が出た。だが、クロの前足は空を切る。捕まえられなかったのが悔しかったのか、今度はじりじりと猫じゃらしに寄り、視線をじっと先端に合わせている。

――バシン、バシン
捕まえようと何度も床を足で押さえようとする姿が、本当に可愛らしい。

「どうやら、気に入っているようだね」

ふいに私の頭上から声がした。すっかりクロに夢中になってしまっていた事実に、ハッとする。私の側には、窓からの光でキラキラと光る金髪の、目を細め穏やかに微笑む殿下の姿。

そう、今日は久々に殿下が我が家に来ていた。

「ラシェルがそんなに動物が好きだとは知らなかった」

「……お恥ずかしいところをお見せしました」

「いや、嬉しかったよ。私がいることを忘れていただろう？　そんな素《す》のラシェルを眺めているだけで、日々の疲れなんてすっかり忘れてしまう」

「……うっ。忘れてなんて……」

冷や汗をかきながら答えると、殿下はクロのすぐ側に来て膝をつく。思わずといった様子で顔を下に向けると、肩を震わせてククッと面白そうに笑った。そして、殿下はクロに視線を向けて「それにしても」と前置きすると、

「テオドールから日々の様子は聞いているけど、本当に調子がよさそうだね」

「えぇ、テオドール様の指導がとても素晴らしくて！　ここ2日は庭園まで歩いて散歩もできたのです」

私は思わず少し興奮したように前のめりになり、伝える言葉にも力が入ってしまう。そんな私に殿下は、優しく嬉しそうな眼差しを向ける。

ふと、殿下との顔の距離が近づいていることに気付き、頬に熱を感じてしまった。コホン、

と咳をして一呼吸ついてから、前のめりになった体勢を元へと戻す。

そして、殿下が「私もいいかな？」と、私の持っていた猫じゃらしを指差す。おずおずと差し出すと「ありがとう」と殿下は受け取った。そして殿下はクロに視線を移し、猫じゃらしをフワフワと揺らす。

「クロ、おいで」

クロはまた、視線の先で動く猫じゃらしに夢中になっていた。

それにしても、殿下が猫じゃらしで遊んでいる姿なんて誰が想像するだろうか。この様子をシリルに見せたら、思いっきり顔を引きつらせるのではないだろうか。……それとも、からかいのネタだとニヤリと嬉しそうに笑うか。

そんな殿下とクロの様子を眺めていると、徐々にクロの反応が鈍くなってきた。どうやら、もう気が向かなくなったらしい。いくら目の前で揺らされようと、猫じゃらしに全く反応しなくなった。そして、クロ用に置かれたベッドへとゆっくりと歩みを進め、そこへ座ると、目を閉じて寝そべった。

殿下は持っていた猫じゃらしを箱の中へと入れると、私の向かいの椅子に腰かけた。

「可愛らしいな」

「えぇ、本当に可愛いのです」

「そのようだな」

殿下はクロの様子をじっと見ると、微笑ましい様子で笑っている。私もつられて微笑む。クロを見ていると、とても愛らしくて愛おしい気持ちになってしまうのだ。

「それにしても、闇の精霊とはね。聞いて驚いたよ」

「殿下には見えていなかったのですよね？」

私の問いかけに、殿下は頷いた。そしてテーブルに置かれた紅茶を一口含むと、苦笑いを浮かべる。

「もちろん。テオドールが規格外なんだ。王族といえども、テオドールほどの能力を持つ者は、そうはいないよ」

「そうなのですね」

やはりテオドール様は特別な人なのね。殿下が言うのだから間違いないわ。そう考えている側で、殿下はまたクロが寝ている方へと顔を向けた。

「でも、このクロは本当に不思議な存在だね」

「……気になりますか？」

「あぁ。このクロの存在が、ラシェルにとっていい影響となるか。……そうなればいいと思っている」

「私のですか？　殿下なら、クロの存在自体が気になるのかと……」

ポカンとした様子で殿下を見てしまう。その後すぐにハッとし、失言だったと気付く。

これでは、殿下は人の心配をするような人間ではない、と言っているようなものではないか。

まずい、普段は割と気を張っていたのに……殿下と一緒にクロと遊んで少し気が抜けてしまったのかもしれない。こんなことを言ってしまうなんて。

ただ、今の殿下の発言に少し疑問を感じたのは、紛れもない本心。殿下と過ごすにつれて、殿下の興味のポイントや人への距離感などに気付くようになった。彼が瞳を輝かすのはどんな時か。普段の様子はどうであるか。

そして辿り着いた結論は、とても複雑な人、というものだ。というのも、完璧な王子様という姿は、彼自身が努力で作り上げたものなのではないか、と感じたからだ。

本来の彼はもっと別のところにいるのかもしれない、と。

「ははっ、ラシェルにも私の性格がバレてしまったか」

殿下は私の言葉に不快感を表さず、むしろ嬉しそうに笑う。その姿に、気分を損ねていなかった、とほっとする。

そして、もっと聞いてみてもいいのかしら、と私の中の好奇心が顔を覗かせた。

「闇の精霊について、興味がおありなのでしょう？」

「あるよ。この国に関わることだし、知らないことを調べるのは大好きだ。でも今は、それ以上に大事にしたいことがあるんだ」

「大事にしたいこと、ですか？」

「あぁ。君のことだよ、ラシェル。最近、よく君のことを考える。君が笑って過ごせるためにどうすればいいのか。そう考えることが増えたんだ」

殿下は私をまっすぐに見ながらそう言うと、深いため息を一つついた。そして、眉を下げて困ったように笑った。

「それで？　何か私に伝えることがあるのかな？」

「なぜ……」

「ずっと何かを言うタイミングを見計らっているだろう」

悟られていたとは……。さすが、殿下は観察力に優れている。

そう、私は今日殿下に会った時に、伝えようと思っていたことがある。

「えぇ、殿下に伝えなければならないことがあります」

殿下はジッとこちらを見て、何を言うのだろうかと窺っている。その優し気な眼差しに、何を言っても受け入れてくれそうな温かさを感じた。殿下の様子に後押しされ、意を決して殿下をまっすぐと見据える。

「領地に戻ろうかと思っております」

そう告げた私に殿下は、一瞬目を見開き、次いでショックを受けたように視線を彷徨わせる。

だが、すぐに優しく微笑むと小さく消えそうな声で「そうか」とだけ私に告げた。

◆◇◆◇◆

遡ること数日前。

だいぶ歩けるようになった私は、夕食の時間を食堂で過ごすことに決めた。そして、食堂の扉を開くと、既に母が着席をしていた。母は私が歩いてきたことを察すると、嬉しそうに顔を綻ばせた。

「ラシェル、今日は食堂に来られたのね」

「えぇ、お母様」

「精霊様とフリオン子爵には感謝してもしきれないわ。こんな風にラシェルが歩けるようになるなんて！」

「ふふっ、私もクロとテオドール様にはとても感謝しています」

「私には精霊が見えないけど、精霊様には毎日感謝とお祈りをしなくては」

母はそう言うとハンカチを取り出して、涙で潤んだ目元を拭う。これまで、沢山の涙を母は流したのだろう。そう思うと胸が苦しくなる。それとはまた別に、母の愛を深く深く感じる。その確かな愛情に、私も瞳の奥が熱くなる。

キィッ、と音がして後ろを振り向くと、扉の向こうに父が立っていた。私と母の様子を見て、父は微笑みながらゆっくりと頷く。

「ラシェル、夕食を共にできて嬉しいよ」

「お父様、お仕事お疲れさまでした」

「あぁ、お前の顔を見たら疲れなんて吹き飛ぶさ」

父は私の側に歩み寄ると、その大きな胸と腕で優しく抱きしめてくれる。そして、ゆっくりと私の体を離すと席へとエスコートし、椅子をひいて座るように促した。

「さぁ、食事にしよう」

車椅子を贈られてからは、朝と昼は食堂で食べていた。だが、疲れがたまる夕方以降は自室から出られなかったので、必然的に夕食は自室で1人で食べていた。そのため、夕食の家族団《だん》欒《らん》は本当に久しぶりだ。3人揃ってこんな風に笑いながら食事をすることができる。これは本当に奇跡的なことなのだ。

魔力が枯渇する前、つまり前の生では、自分を愛してくれる家族がいることを当たり前だと思っていた。私はその愛を受け取っていながら、何一つ大切にすることも、愛を返すこともできなかったのだ。だからこそ、あんな風に家族を悲しませる結果となった。

だが、今は違う。失ったからこそ気付くことができたのだ。大切な家族との時間も、その愛も、決して当たり前なんかではないと。それは両親が私を想い築き上げてきた時間、場だ。それがこんなにも温かく優しく包んでくれるものだと、戻ってきて実感した。

食卓に前菜が並ぶのを待ってから、父は私へと視線を向けて口を開いた。

「そういえば、フリオン子爵は毎日我が家に来てくれているようだね」

「はい。テオドール様は、私とクロが早く魔力で馴染んで繋がれるように補助してくれています。元々魔力がなくなった私一人では精霊と契約はできても、馴染むのは難しかったので」

「そうだな。魔力があるのが当たり前だと私も思っていた。でも、ラシェルのことがあって私も考えを改めたよ」

「えぇ」

私の魔力の高さは父譲りであった。父も魔力が高く、過去の私と同じく水の中位精霊と契約している。あまり姿を現さないが、翼の生えた凛々《りり》しい馬の姿をしている。

ちなみに、低位精霊と中位精霊は動物の形をしていることがほとんどである。高位精霊は人型の子供のような姿で、会話することができる。ただ、高位精霊と契約している人は、この国でも両手の指で足りる程度しかいないだろう。

そして、精霊王は大人の人の姿をしているらしい。らしい、というのは、今ではもうその姿を見た者は生きてはおらず、書物や絵画でしか知る術がないからだ。何度か目にした、王宮に飾られた絵画では、美しい光を纏ったとても神々しい人物が描かれていた。

父は持っていたナイフとフォークを一度置くと、少し顔を歪ませて渋い顔つきになる。

「闇の精霊……だったな。陛下にご報告したが、とりあえず発表はまだ見送ることになった」

「はい」

「聖教会の判断を受けてからの発表がよいだろうと」

あぁ、やっぱり、そうなるのか、という気持ちが真っ先に浮かぶ。父が話した内容はある程度、私も予測していたからだ。

聖教会とは、この国の国教であり、光の精霊王を神と定めた教会である。聖教会の始まりは、この国の始祖と関わりのある聖女だと言われている。そのため、光の精霊王の加護を受けた聖女は、一時的に教会が預かることになっている。

今回の闇の精霊が見つかったという話は、精霊と昔から深い関わりのある聖教会としても、大きな出来事だ。国でも大きな発言権を持ち、民の信仰厚い教会の顔を立てるという意味でも、教会を無視できない。教会から闇の精霊を認める発表ができれば、国と教会との軋轢《あつれき》を回避することができる、と陛下は考えたのだろう。

父は深くため息をつき、目の前のワインを一口飲む。そしてゆっくりと言葉を選びながら話を続けた。

「それから……殿下との婚約についてだ」

「はい」

「陛下は、殿下に任せるつもりだったらしい。もし解消となった際には、王家が責任を持って、ラシェルの嫁ぎ先を見つけてくれると言っていた」

そうだったのか。この婚約について、なぜ、陛下が解消するように言わないのかと疑問に思っていた。魔力の枯渇が明らかになって間もなく、殿下との婚約解消について、父とも話し合っていたが、一向に解消の連絡は来ず、ずっと音沙汰がなかったのは、陛下が殿下の意向を汲んでいたからなのか。

でも、なぜだろう。この国の王太子妃は、国にとっても重要な存在となる。私の気持ちとは別に、国のことを考えると、この状態で務めることが最善とは思えないのだ。

「だが、少し状況が変わった。闇の精霊……その存在がどういうものか。民がどんな反応をするか」

「えぇ、そうでしょうね。私も少し調べましたが、書物には何も。物語でも、光はあくまで善であることの対比として敵となっていたり、逆に光を支える影のような存在であったり」

「あぁ、何も分からない。だが……確かに存在する。だからこそ、陛下もこの婚約をどうするのかを決めかねている」

確かに、闇の精霊がどういったものか分からなければ、国にとって利があるのかどうかも分からない。ほかの水、火、土はその名の通りに、それらを操ることができる。

だが、光と闇は謎が多い。存在はしているが、崇められる対象のみの光。そして、存在さえ幻と思われていた闇。

だが今、私はクロを介して、魔術としては使うことはできないが、闇の魔力を持つことができた。そして、自分で歩く術もクロによって与えられた。

本当にクロさまさまだわ……。

でも、今度はもう間違った道には進みたくない。だからこそ今日この場で、両親に自分の考え、決意を話そうと決めていた。きっと、２人は話を聞いてくれる。そう思い姿勢を正して、父そして母と、順番に視線を合わせた。

「お父様、お母様……お話があります」

「あぁ」

「どうしたの、ラシェル」

「私は今まで、自分に何ができるか、何をするべきかなんて、考えもしませんでした。ただ、まっすぐな道を何も考えずに歩んできただけです。でも、魔力がなくなって……自分が持っていた能力を、何かを成し遂げるためや、誰かのために使わなかったことを後悔しました」

「……そう」

父は真剣に私の言葉に耳を傾け、母は穏やかな顔で相槌を打つ。

「今度はもう後悔したくないのです。自分に何ができるのか、探してみたいのです」

「えぇ、それでどうしたいの？」

どうしたいのか。その言葉に思わず詰まりそうになる。

「具体的には何も……。私の世界は狭いので、まずは外の世界を知り、自分ができる何かを探せれば、と」

何か動きたい。何か見つけたい。何か、何か。明確な答えもなく、ビジョンも何も描けていない私に、母はにっこりと微笑んで頷いた。

「分かりました。では、母と共に領地に帰りましょう」

「領地に？」

「えぇ、王都では、あなたは王太子殿下の婚約者として有名です。しかも、今は病気療養で学園を休んでいます。そんな状態で何ができましょうか」

「……はい」

確かにそうだ。体調が落ち着いてきたのだから学園へ行くべきなのだろう。ましてや、父も母も、私が一度死んだことなど知らないのだ。

でも、まだ少し勇気が出ない。あそこには、かつて友人だった者も聖女もいる。向き合わなければ、前には進めない。

それが分かっていてなお、あの場に踏み出す一歩を、私はまだ持っていないのかもしれない。

私の困惑した様子を見て、母はさらに笑みを深めた。その様子に、固くなった体を少し緩ませることができた。そして、さらに説明をしようとする母を見つめる。

「でも、領地は違います。王都と違って、マルセル領は海の街。あなたは幼い頃からほとんど王都から離れていないから、領民から顔も覚えられていないですし。きっと、今より自由にあなたの世界を広げてくれるでしょう」

「お母様……ありがとうございます。お父様、よろしいでしょうか」

今まで母と私の会話に口を挟まず、静かに聞き手に専念していた父は、大きく首を縦に振り頷いた。

「あぁ、分かった。でも無理はしないように。それと、殿下にはお前からしっかり話すのだよ」

「はい」

父は現状を冷静に見極め、母が提案をしてくれた。やはり、私にとって両親は、かけがえのない大事な人たちだ。

今度こそ、その優しさを裏切るようなことはしたくない。私はこの2人からもらった温かく灯る心の光を、胸に大切に仕舞う。

そして、その後は空気が一変し、笑いの絶えない和やかな食事となった。

◆◇◆◇◆

マルセル侯爵家から帰宅した後、私は一人、王太子執務室の椅子に座っていた。何をするわけでもなく、ただボーッと座るのみ。手をつけなければいけない仕事を横目で見るが、やはり積まれた書類に手が伸びない。

『領地に戻ろうかと思っております』

そう私に告げたラシェルの声が、今も何度も繰り返し耳に残る。思い出しては、つい深いため息が出る。

駄目だ。顔を両手で覆って瞳を閉じる。だが、浮かぶのはラシェルの顔だけ。

自分はどうしてしまったのだろう。いまだかつて、こんなに漠然とした不安を感じたことなどない。

それにしても、領地に戻る……か。彼女にとって、それはよい選択だと思う。

体調が回復してきて、やりたいこともできるようになった。それこそ、街に出て屋台を巡り、カフェに入り、食堂で好きなものを注文する。きっと、それらはラシェルにとって初めての経験なのだろう。そして、また瞳を輝かせて嬉しそうな笑顔を見せるのだろう。

そう考えると、温かい気持ちになる。それなのに、なぜこんなにも胸の奥が苦しく痛むのだろうか。

彼女は、ラシェルは、領地に帰っても、また王都に……私の元に帰ってきてくれるだろうか。

そう考え、思わず力なく首を振る。

――いや、自信がない……。

自信がないなど、今まで感じたことはない。足りないところがあれば足りるよう努力すればいい。自分が望まない答えがあるのなら、望むように変えればいい。そんな風にしか考えたことがない。だが今は、どう努力すればいいのか、分からないのだ。

――コンコン

「シリルです。テオドール様がお見えです」

「あぁ、通してくれ」

執務室のドアをノックする音が聞こえ、椅子の背にもたれていた体をまっすぐへと戻す。ドアの向こうから聞こえるシリルの声をぼんやりとした頭で聞き、条件反射のように返事をした。

ドアが開き、いつものように黒のローブを纏った幼馴染みが入室し、こちらをチラリと見ることも挨拶もなく、部屋の中央にズカズカと進んだ。

そして、置かれているソファーにドカッと座り込むと長い足を組んで、こちらに視線を向け、目を少し開いて口角を上げる。まるで《面白そうなものを見つけた》と言いたげな表情だ。

「へぇ、何かあったんだ。何？　お前がそんな顔をするなんて、原因はラシェル嬢だろ？」

「……話す気分じゃない」

「うわー、何拗《す》ねてんの。えっ、病《やまい》なの？　恋の病なの？」

テオドールはソファーから立ち上がると、私の方へと進む。目の前まで来ると、机に片手をつき、まじまじと私の顔を覗き込んだ。私はその視線から逃れるように顔を背《そむ》ける。

「うるさい」

「子供っぽいな。やっぱ遅い初恋だから？」

ニヤニヤと目の前でからかうように笑うテオドールに、つい不機嫌な顔つきになる。だが、こいつの前でそれをどうにかしようとは思わない。

それにしても、初恋か。

初恋……そう、確かに初恋だろう。それを自覚したのは、割と最近だ。ラシェルとマルセル侯爵家の庭園を散歩した時、私の世界が変わった。

モノクロの世界が急に色鮮やかになった。花々が色鮮やかに映り、空の青さが際立つ。そして、ラシェルの微笑みに釘付《くぎ》けとなる。周りの声など聞こえず、ラシェルの心地よい声だけが耳に入った。

あぁ、これが恋というものか。そう、ストンと胸に落ちた。

だが、その気持ちをもてあましたのも事実だ。あれから、仕事の合間、眠りにつく間際、食事の際、ふと彼女のことが頭をよぎる。この本は好きだろうか。この菓子は好みだろうか。体調は崩していないだろうか。

少しでいい、顔が見たい。

会いたい。

きっと、彼女のことを本当に想うのであれば、彼女の望む通り婚約を解消した方が……その方が彼女は穏やかに過ごせるのだろう。

王太子の婚約者という立場は、今のラシェルにとって負担でしかないだろう。それにきっと、彼女はそのような立場を望んではいない。なぜならその婚約者は、ラシェルが病気になる前は、彼女のことをまっすぐに見ようともしなかった男なのだから。

きっと最初から彼女自身のよさに気付き、愛する者だっている。彼女の望むものを与えることができ、彼女を大切にできる者。ふさわしい人間がほかにいるのだろう。

だが、そう考えてはいても……婚約を解消することが今の私にはできない。離してやることがどうしてもできない。

そして、そんな自分が心底嫌になる。

——自分が一番、彼女を苦しめているのかもしれない。

テオドールはチラッと、黙ったままの私へと視線を向けると、腕を組んでしばし考え込むような表情をした。そしてこの静かな空間を破ったのは、テオドールだった。

「それで、魔力枯渇の原因を探すのは継続するの？」

「あぁ、それはもちろん」

「俺もその現象は気になるから、今まで通り手伝うよ。だが、闇の精霊について調べる方が先だろう」

「そうだな。闇の精霊について、教会がどう発表するかでラシェルの生活も変わる」

「……彼女、領地に帰るんだったな」

領地に帰る……その言葉に視線を上げ、テオドールの顔を見る。

あぁ、知っていたのか。すると、俺の考えなどお見通しとばかりにテオドールは肩を竦《すく》めてみせた。

「今は王都にいるよりいいんじゃない？」

「……私もいい選択だと思っているさ」

「じゃあ、快く送り出しなよ」

頭がカッと熱くなる。机に置こうとして握り締《し》めた手に思わず力が入り、ドンッと大きな音が出る。

「分かっている！」

「あぁ、お前は分かっているよな。分かっていて、彼女が離れていくのが怖いんだよな」

その言葉に、机に置いた拳がフルフルと震える。だが、すぐに力が抜けた。そして、自分の声とは思えない酷く弱々しい呟きが口から出る。

「どうすればいい……」

「笑って送り出しなよ。それでさ、お前は今まで通り彼女のために、魔力枯渇の原因を探せばいい」

「それはもちろん続けるさ」

「選ぶのは彼女だ。それでもさ、彼女が困った時に一番先に駆けつけられるように準備すればいいよ」

その言葉に顔を上げる。視線の先には、からかうような顔ではなく、心配そうに笑う友の顔があった。

「お前、いい奴だな」

「あぁ、俺もそう思う。自分みたいな奴がいれば結婚するのにって」

その言葉にハハッと笑い声が漏れた。

「そうだな。でもお前の言う通りだよ」

テオドールは安心したかのように笑うと、何も言わずに頷いた。

「とりあえずラシェルの護衛に、私の手の者を一人追加するよう侯爵に頼むよ」

「は？」

「だってラシェルが危険な目にあった時、それを知らなかったらすぐに助けられないだろう？」

私の言葉に、目の前のテオドールはポカンと目を丸くしている。いつも食えない表情ばかりのテオドールにしては珍しい。何を呆れた顔をしているんだ？

でも、そうか。そうと決まったら、選定しなければ。かなり腕の立つ者でなければいけないな。あいつにしようか、それともあいつか。何人もの候補を頭の中で思い浮かべる。

その様子をいまだ呆けていたテオドールは、ふと我に返った様子でハッとした表情をする。そして、また腹を抱えて笑い始めた。

「ハハッ、そうだな。それがお前だわ」

「……なんだか失礼な奴だな」

いきなり笑い出したテオドールに、つい眉間に皺が寄るのは仕方がないだろう。だが暗く沈んだ自分に、かすかな光の道を示してくれたことには感謝しなくてはならない。そう思い、心の中でテオドールに感謝の言葉を告げる。

とりあえず、彼女の世界がさらによいものになるように応援しよう。そして、いまだ消えない不安からは……とりあえず目を逸らす。やらなければいけないことが山積みなのだ。

だが、ラシェルが領地に行く前にしておかなければいけないことが一つあるな。それに気付いた私は、テオドールが帰ったら、まずラシェル宛に手紙を書こうと決めた。

◆◇◆◇◆

「ねぇ、サラ。本当にこの格好で大丈夫かしら？」

「大丈夫ですよ。どう見ても商家の娘……のような装いです。どうしても、お忍び貴族感はなくなりませんが」

姿見鏡を見つめると、そこには、簡素な紺色のワンピースにクリーム色のスカーフを巻き、髪をスカーフと同じクリーム色のリボンで一つ結びにした私の姿がある。

このワンピースは殿下が贈ってくれたものだ。

なぜ、このような格好をしているかというと、数日前に殿下から届いた手紙に《領地に行く前に、以前話したオススメの食堂にお忍びで行こう》と書かれていたからだ。つまり、殿下に誘われたのだ。

私の領地への出発は1週間後だ。両親も、いきなり遠くまで馬車で移動する前に、まず近場へ出かけるのもいいだろうと賛成してくれた。

長く王都に暮らしてはいるが、過去の私は、市井に行くなど考えもしなかった。アクセサリーやドレスなど、必要なものは全て商人やデザイナーが邸まで届けに来てくれていた環境。それに「貴族である私が平民の住むところになぜ行くのか」という愚かな考えをしていたからだ。

だが、サラたちが話す市井の様子は生き生きとしており、聞いているだけでワクワクする。

そのため、いざ自分が行くと考えると、昨日からドキドキしっぱなしであった。なかなか眠れなくて、夜遅くまでクロと遊んだり、本を読んだりしていて、寝るのが遅くなってしまった。

今もどこかソワソワしてしまう。市井はどんな感じなのかしら。どんな人たちがいるのだろう。考えると、途端にまた落ち着かなくなる。

鏡の前で一人考え込んでいると、私の足元にするりとクロが寄ってきた。

「どうしたの？　一緒に行きたいの？」

その場にしゃがんで、クロの顔を覗き込む。すると、クロは私の周りをぐるりと一周した。そして、ゆっくりと自分用のベッドへと向かい大きな欠伸をして、ゴロッと横になった。

「そうね。街に精霊が見える人もいるかもしれないものね。待っていた方がいいわ」

クロはやはり人の言葉が分かっているようだ。この間も「そろそろテオドール様が来る頃ね」と呟いたところ、ソワソワとドアの前でうろうろし始めていた。今も耳をピクッと動かすと、もぞもぞと動いて体勢を整え、目を瞑り寝ようとしている。

そんなクロの様子を見ていると、コンコンというノック音が聞こえた。ドアの向こうからポールが「王太子殿下がお越しになりました」と私に告げる。

——よし、行こう。

サラと共に広間へと向かうと、殿下のいつもの金髪は茶髪に変わっており、装いも着古したシャツにベスト姿であった。シャツは元々は白だったものが茶色へと変わったようなヨレッとしたものであり、履いているブーツは革が所々擦り切れている。

一目、今日の殿下の装いを見て、すごいと感じる。服装と髪色だけでこんなにも雰囲気が変わるなんて。殿下の普段と違った様子に感心してしまう。

ただ、少し長めの前髪から覗く素顔はやはり整っており、今も立ち姿だけで高貴さを滲ませている。

うーん。こんな人が市井にいて目立たないかしら。殿下をまじまじと見ながら、そんなことを考え、思わず首を傾げてしまう。

「あぁ、ラシェル。その姿も可愛らしいね。こんな子が街にいたら、皆が君に求婚しそうだ」

「なっ……それは褒めすぎです」

殿下は私を見て、ハッと驚いたように目を見開いた。そして、すぐに目を細めて、本当に嬉しそうな笑みを浮かべた。その表情と殿下からの言葉に思わず頬が熱を帯びてくる。

「殿下も、その髪の色はどうされたのですか？」

「あぁ、これはカツラだよ。さすがに金髪は目立つからね。街へ行く時はカツラを被って、協力者である鍛冶屋の親父さんの見習いってことにしてるんだ」

「まぁ！　殿下がそのようなことをされていたとは」

「相手が王族なんて分かったら、市井の者から距離を置かれてしまうからね。街の暮らしを知るには、馴染む装いにしなくては」

「なるほど……」

そうか。殿下はたまに市井の暮らしを見るためにお忍びで行くと言っていた。私と違って、こういうことも慣れているのだろう。

「ちなみに今日は、いいところの商家の娘さんを見習い鍛治職人が何度も何度も誘って、ようやくの初デートって感じかな？」

「デッ、デートなのですか？」

「もちろん。私はデートのつもりだよ」

殿下は甘く蕩《とろ》けるような笑みをその整った顔に乗せ、「では、行こうか」と私に手を差し出す。その手におずおずと自分の手を乗せると、ギュッと握り締められる。そして、そのまま馬車へとエスコートされた。

馬車の中で、殿下と私は向かい合わせに座る。

殿下の隣には、紺色の髪をした男性がこれまた商人のような服装で座っている。彼は今日のお忍びで同行する騎士らしい。護衛はほかにも数人いるらしいが、視界には入らないだろうと言っていた。

また、この馬車は王家の広々としたいつものものと違い、こじんまりとしたものだ。殿下は「ごめん。目立つわけにはいかないから、座り心地が悪いかもしれないけど」と乗る前に私に告げてきた。だが、椅子のシートはそれなりの品を使用しているのか、座りにくいという感じはしなかった。

それよりも、これから向かう場所を想像するだけで、胸の高鳴りが止まらない。カーテンがしっかりと閉まっているため、全く見えることのない外の景色ばかりを気にしてしまっていた。

殿下はそんな私の様子を見て面白そうにクスリと笑う。

「そうそう、街では私のことを殿下なんて呼んでは駄目だからね？」

そうか、何も考えていなかったが、確かに町で《殿下》なんて呼んだら、皆が驚いて注目を浴びることになりかねない。だからといって、どうすればいいのか。

「確かにそうですね。では何と？」

「ルイ、と」

殿下をルイと呼び捨て？　いや、無理よ、無理。想像するだけで思わず真っ赤になり、首を横に振る。だが殿下は、私の様子などお構いなしにニコニコと笑っている。

「ほら、練習練習」

「えっ、えぇ」

「さぁ、どうぞ」

「ル……」

「うんうん」

「ル……ルイ…………様」

そう呼ぶと殿下は、一瞬ポカンした表情で私をじっと見つめた。そしてすぐに、はにかんだ

ように笑い、「あぁ」と返事をした。だが、「でも」と前置きをして、

「見習い鍛冶職人に、様付けで呼びかけるのはおかしいな」

分かっている。これは殿下が殿下だとバレないようにするためだ。それに、街で混乱を起こしたら、隠れて警護する騎士たちが護衛しにくくなることも。でも、やっぱり恥ずかしい。しかも呼び捨てなんて恐れ多い。

「すみません」

「やっぱり呼んでくれないか。まぁ、追々《おいおい》でいいよ」

「いや、でもそうそう。今日、私のことはルークと呼んでくれ。街ではいつもルークと名乗っているから」

「なっ、殿下！　騙《だま》したのですね！」

「ハハッ、ごめんごめん。名前を呼んでもらえるチャンスだったからね」

殿下は真っ赤になって怒っている私の姿を見て楽しそうに大声で笑う。怒っていた私も、徐々につられて可笑《おか》しくなってきた。「ふふっ」と自分の口からも抑えきれない笑いが漏れてしまう。

あぁ、こんな時間もいいな。こんな風に軽口を叩いて、笑い合う。こんな時間を殿下と持てるなんて考えたこともなかった。……正直、楽しいと感じている自分がいる。

こんな時間がもっと……。もっと、長く続けばいいのに……。

そんな私の想いとは裏腹に、馬車の揺れが段々とゆっくりになり、停車するのが分かった。

「あぁ、着いたようだね。今日行くオススメの店はこの商店街の入り口だから、そんなに歩かなくても大丈夫だよ」

殿下の言葉でハッとする。今、私は何を考えていたのだろう。領地に帰ると決めたのは私なのに。それなのに……。

沈み込みそうになる気持ちを追いやる。そして、無理やりにっこりと笑顔を作った。

「はい、案内をお願いします」

「あぁ、楽しみにしていてくれ」

そう言うと、殿下は側で控えた護衛が開けたドアをサッと降りて、私に手を差し出した。その手を握り、馬車から降りる。

すると私の視界には、人が溢れ、屋台や露店、商店が広い道いっぱいに並ぶ光景が映った。子供たちの笑い声、人々の騒《ざわ》めきで賑《にぎ》やかな街を目の当たりにし、それだけで胸がいっぱいになる。

「ここが……」

「あぁ、賑やかで皆、生き生きしているだろう」

隣の殿下を見上げると、殿下もまた、輝かしいものを見るかのようにその蒼い瞳を細めた。

「さぁ、行こう」

「はい」

美味しそうないい香りがする。甘い香り……。あそこの屋台からかしら。

視線をキョロキョロと動かす。小さな女の子がお金を握りしめて、花屋の店員に一輪のガーベラを指さしている。反対側では、露天のアクセサリーを若い男女が肩を寄せ合いながら眺めている。さらに奥には、パン屋から出てきた年配の女性がいて、彼女が手に持つ紙袋から、バゲットの先が見えている。

やはり私は、王太子の婚約者という立場にありながら、貴族社会が全てで、民の暮らしぶりを全く知らなかったのだ。

この国の人たちがどんな暮らしをし、何に困り、どうなることを望むのか、何一つ知らないし、知ろうとしていなかった。当たり前のことではあるが、さまざまな人が色んな想いを持ってここにいる、ということに今さらながら気付かされる。

ここに立つだけで、この街の人々の暮らしを肌で感じる。それがとても心地よい。

そして、私に合わせてゆっくりと歩いてくれる殿下の足が一軒の店の前で止まった。

「ここだ」

殿下が案内してくれた店は、馬車を降りたところから本当にすぐであった。まだ長く歩くことに不安があったので、とても助かった。煉瓦《れんが》造りでオレンジ色の屋根、店の前には《本日のオススメ》と書かれた小さな黒板が置いてある。

殿下が勢いよく店の扉を開けると、「いらっしゃいませー」と明るく元気な声が店の奥から聞こえた。

カウンター席が5つとテーブルが10卓ほどある店内は、お客でほぼ満席であった。

「あれ、ルークじゃないの！　さっ、ここが空いたからどうぞ」

「女将《おかみ》さん、ありがとう」

テーブルを布巾で拭いていた女性が殿下を見てにこやかに声をかけた。空いた席を殿下に指差され、私もそのテーブルへと向かい、殿下が腰かけた椅子の向かいに座る。

「珍しい！　今日は女の子が一緒じゃないの！　やだ、彼女かしら？」

「あんまりからかわないでくれよ。ようやくデートに漕《こ》ぎ着けたところなんだからさ」

「ははっ、じゃあ大人しく退散しますよ。注文が決まったら呼んでちょうだい」

明るい人柄の女性は、ほかの客から呼ばれ、すぐに「はーい」とそちらの方へ向かっていった。

「なかなかの人気店だろう？」

「えぇ、驚きました」

「ここは何を食べても美味しいんだ。何か食べたいものはある？」

殿下は、いつもの優雅な座り方ではなく、ドカッと両足を開き、体勢も少し斜めがかっている。そのため、いつもの高貴さを感じさせない。

そして、テーブル脇に置いてあったメニュー表を取り出すと私に差し出した。そのメニュー表をパラッと見ると、《鶏肉の香草焼き》、《牛肉のワイン煮込み》、《じゃがいものグラタン》など美味しそうな料理が並ぶ。だが、いざ自分で選ぶとなると困ってしまう。

メニュー上の文字を何度も上下に彷徨わせていると、ヒョイッと私が持っているメニュー表を殿下が持ち上げた。

「よければ俺が選ぶよ。おすすめの美味しいやつ」

「あっ、お願いします。ル……ルークさん」

「ははっ、いいよ。女将さーん！　注文お願い」

そっか。殿下はお忍びの時は、意識して《俺》を使うのね。それに口調なども変えている。キョロキョロと辺りを見渡しても、今の殿下はあまり違和感がないように見える。

逆に私は、やはり浮いている気がする。先ほどからチラチラと視線を感じるのは気のせいではないだろう。そう考えると、殿下はあの気品をどこに隠したのかしら。ぜひお忍びのコツを教えてもらいたいところだ。

女将さんに注文をしている殿下を見ていると、ここには相当通っているらしい。メニューを見ることなく選んでいる。

あまりに見つめすぎたのか、女将さんが注文を取って去ったあとに殿下が「どうした？」と首を傾げた。

「いえ、ずいぶん慣れているようでしたので……」

「まぁ、ここにはもう3年は通っているからね」

「3年も！」

「ははっ、昔から好きなものに対しては一途だから」

殿下はテーブルに肘をついて顎を乗せると、にっこりと笑い、意味深な表情で私をじっと見た。うっ、と言葉に詰まる私を、殿下はまた可笑しそうに笑った。

「またからかったのですね！」

「そんなことないよ。今のは本当のこと」

いまだクスクスと笑いが止まらない様子の殿下に、私は眉間に皺を寄せ、わざとムッとした表情をする。すると、殿下はハッとした表情をして「本当！　本当だよ」と慌てた様子になる。

今度は私がそんな殿下を見て、ふふっと笑ってしまう。

「あら、仲良さそうね」

急に声が聞こえ、視線を上げると、女将さんが料理の皿を手に持ち、微笑ましげににっこりと笑った。そして女将さんは、次々に料理をテーブルに並べていく。

「はいどうぞ。こっちがキッシュね。あとは、スープと自家製パンのサンドイッチ」

「おっ、相変わらず美味そう！」

「お嬢さんの舌にも合うといいんだけど」

「とても美味しそうです！　いただきます」

目の前には、焼き立ての香ばしい香りがするパンに新鮮な野菜とハムが挟まっているサンドイッチ。そして普段は家で出ることのない大皿に盛りつけられたベーコンと玉ねぎ、マッシュルームの入ったキッシュに、野菜たっぷりの温かいスープ。

私が料理に魅入っているうちに、殿下は料理を取り分けて、私の目の前に置いてくれた。

「ありがとうございます」

「さぁ、冷めないうちに食べよう」

まずフォークをキッシュのパイ生地へと差し込む。すると、サクッといい音が聞こえる。一口分をフォークに載せ、口元に運ぶ。

「美味しい！」

「そうだろ？」

ホワイトソースのまろやかな味が口の中に広がる。それに、どこかほっとするような温かみのある味がする。これが、サラが言っていた家庭の味なのかしら。

次にサンドイッチに目が行くが、パンに野菜などを挟む料理は食べたことがない。

どうやって食べたらいいのかしら？　不思議に思い、目の前の殿下に尋ねようと視線を向けると、まさにそのサンドイッチを片手で持ってかぶりつくところであった。

——えっ、そのまま？

目を丸くして殿下を凝視する私に、殿下は「あぁ」と納得したような声を出す。

「そのまま食べればいいよ。ガブッて」

ガブ？　えっ、これ本当にそのままいくの？　結構厚さがしっかりあるけど、本当にいいのかしら。今までしたことのない食べ方に、両手でサンドイッチを持ちしばらく固まってしまう。

よし、食べよう！　意を決して口を開き、殿下のようにかぶりつくと、パンに挟まったシャキッとした新鮮な野菜の感触がした。そしてハムの燻製の香りが鼻を通り抜ける。

「……美味しい」

思わず呟いた言葉は、殿下にしっかりと聞こえていたようだ。私の顔を見ると、嬉しそうに目を細めた。

「俺も君が喜んでくれて、何より嬉しいよ」

その表情に、思わずドキッと心臓が高鳴った。徐々に自分の顔が紅潮するのが分かる。それでも、そんな顔を見せるのが恥ずかしく、下を向いてもう一度口を開き、サンドイッチを頬張った。

そんな嬉しそうな顔をされたら、どうすればいいのか分からないわ。でも、初めて来る場所、初めて食べる料理。そして、初めて知る殿下の新たな顔。その全てが新鮮でありながら、どれもが私の心をときめかせる。これは紛れもない現実なのだと実感する。

その後も、殿下と美味しい料理を楽しみながら、街の様子について話をした。来るまでに見た屋台ではどんなものを売っているのか、この先の道には何があるのか、などの気になった質問を多々する。殿下は嫌がる様子もなく、一つ一つ丁寧に、時に冗談も交えながら教えてくれた。すると、時間を忘れて話していたためか、あっという間に食べるものが何もなくなっており、あんなにも沢山の料理が載っていた皿は既に空っぽになっていた。

「さぁ、そろそろ帰ろうか」

「……はい」

「お会計お願い！」

殿下が騒《ざわ》めく店内でもよく通る声を出すと、女将さんが「はーい」と返事をしながらやってきた。殿下は手際よく、ポケットからお金の入った小さな袋を取り出して支払いを済ませる。

「ルーク、鍛冶屋の親父さんによろしくね」

「伝えとくよ」

「彼女とも、上手いことやるのよ」

殿下はお釣りをもらいながら、女将さんの言葉に「はいはい」と適当に相槌をうつ。

「お嬢さんも、また一緒に食べにおいで」

「はい！　とても美味しかったです。ご馳走さまでした」

「ははっ、ありがと。あっちで料理を作っている旦那にも伝えとくわ」

女将さんは私の言葉に豪快に笑うと、大きな声で「ありがとうございましたー」と送り出してくれた。

店の先で待っていた護衛騎士がさりげなく合流し、少し歩くと、来る時に馬車を降りた場所に着いた。先ほどと同じように、殿下が手を差し出してくれて馬車に乗り込む。

馬車の座席に座ると、思わずふぅっと息を吐き出す。殿下は私の向かいに座ると心配気な顔をする。

「疲れた？」

「ご心配ありがとうございます。体調は大丈夫です」

私の言葉に殿下は安堵したように表情を緩めた。

「ラシェル、今日は付き合ってくれてありがとう。私にとって、こんなに楽しくて美味しいと思った食事は初めてだ」

「こちらこそありがとうございます」

私が殿下に心から感謝をし、微笑みながらお礼を伝えると、殿下は微笑んだ顔はそのまま、眉を下げて私をジッと見つめた。

「もう……行ってしまうのだね」

そう、今日殿下と別れたら、もうしばらくは会えないだろう。殿下は学園もあるし、王太子として王都を離れる機会も少ない。こうやって、目の前の殿下と話すこともできなくなるのか。

自分で決めたことなのに、迷いなどなかったはずなのに。それなのに、殿下の顔を見ていると、なぜだか無性に寂しい気持ちが湧いてくる。

でも、今日実感したのだ。今後、婚約を継続するか解消するかは分からないが、私はもっと外の世界へ目を向けるべきだと。慣れ親しんだ場所は、居心地もよく楽だが、それでは駄目なのだと。

「殿下……」

「婚約のことは……すまない。解消することはできないんだ」

なんと答えていいのか言葉に迷っていると、弱々しく殿下が呟いた。顔を手で覆っており、その表情を見ることはできない。

「その代わり、君の領地行きを心から応援するよ。きっと次に会う時には、一回りも二回りも成長していることだろうね」

「そうなれるように頑張ります」

「あぁ。その姿を側で見守ることが叶わないのは悔しいが、私は私で、自分でできることをやるしかないな」

殿下は顔を覆っていた手を外すと、どこか清々しい顔をしていた。私は、その表情を焼き付けるようにじっと見つめた。

その時、馬車が止まる。どうやら侯爵邸へと帰ってきたようだ。名残惜しいような気持ちを振り切るように、殿下の手を借りて馬車を降りる。

「殿下、今日は本当にありがとうございました。お忙しい日々とは思いますが、しっかり休みもとってくださいね」

「あぁ、君も。無理しすぎないようにね」

「はい。では……これで」

そして、繋がれていた手を離し、屋敷の中へ入ろうと一歩踏み出す。その時。

——あれ？

離された手が急にギュッと捕まれ、驚いて後ろを振り返る。すると、殿下も自分の行動に驚いたかのように、繋がれた手を凝視している。

「あの、殿下？」

「あっ、あぁ。いや、その」

殿下は慌てたように手を離した。温もりを失った手が行き場を見失ったかのようで少し寂しさを感じる。

「ラシェル、本音を言うとさ。君が側にいないのはすごく寂しいよ。ずっと離さずに側に置いておきたいとさえ思ってしまう。でも、こんな想いなど、君には迷惑なだけだってことは知っている」

「迷惑などとは！」

「いや、最近気付いた。君がそう思うように、私も自分に足りないものを色々と実感している。だからさ、次に会う時に……君が私から離れたくないと、そう思われるぐらいの男になれるように努力する」

殿下の無理やり微笑んだような不器用な笑みを見つめる。なぜかその顔から苦しい想いが伝わってきて、目元が熱くなる。

「だからさ、君は君のために頑張ってほしい」

「はい」

「それでも、何か困ったことがあったら……頼ってもらえると、嬉しい」

「はい」

殿下のそのまっすぐな瞳から、私は目を逸らすことができなかった。すると、殿下は柔らかく微笑んだ。

「手紙を書く」

「えぇ、私も。見たもの、感じたものを手紙に書きます」

「……あぁ、待っている。さぁ、もう戻っても大丈夫だよ。よく休んでほしい」

私は殿下に礼をして、そのまま一歩後ろに下がり、玄関扉へと体の向きを変えてまっすぐ歩き始める。今度は、もう止められることはなかった。

玄関扉では、使用人が扉を開けて待っている。足を進めようとし、ふと振り返る。すると、いまだこちらを穏やかな優しい表情で微笑む殿下の姿があった。

殿下が軽く手を上げたのに対して一つ礼をし、くるりと踵を返して家の中へと入った。

4章　マルセル領

「お父様、では行って参ります」

「あぁ、体に気をつけるのだよ。母様のこともよろしくな。彼女はちょっとそそっかしいから」

「ふふっ、はい。任せてください」

出発を待つ馬車の前で、お父様に出発前の挨拶をした。お父様の後ろにはポールが立っており、私たちのやりとりに優しく目を細めていた。

お父様は私を力一杯抱きしめると、長身を少しかがめて目線を合わせる。「あぁ、やっぱり……うーん」など考え込むように唸りながら呟いている。首を傾げていると、荷物の確認をしていたお母様が戻ってきた。

「ラシェル、準備は大丈夫そうだわ。そろそろ出発するわよ」

「はい」

「2人にしばらく会えなくなるなんて、寂しいよ。やっぱり、私も一緒に……」

「あなたは仕事がありますでしょ」

私を抱きしめたままのお父様に、お母様が近づき、お父様からベリッと剥がすように私を離す。そして、あっさりと「では、行ってくるわ」と微笑みながら言うと、さっさと御者に手を借りて、馬車に乗り込んでしまった。お父様は、それにショックを受けたように呆然とした様子で肩を落とした。

「あー……。では、着いたら手紙を書きますね」

「あぁ、待っているよ」

どこか力が抜けたような様子のまま、お父様が馬車に乗るために手を貸してくれる。そして、馬車の中へと入り、お母様の隣に座った。既に馬車に乗り込んでいたクロが、私の膝の上にピョンと飛び乗り、丸まって座った。

「……行って参ります」

扉が閉まった馬車の中、誰にともなく呟くように言う。馬車はゆっくりと動き始めた。馬車の窓から、慣れ親しんだ侯爵邸が徐々に遠ざかっていく。

これから出発するのね。

正直に言うと、やっぱり不安はある。領地といえども、私は10歳の頃に行ったのが最後だ。しかも短い滞在で外に出ることもなく、早く王都に帰りたいと文句ばかり言っていた記憶がある。だから、海も馬車の中からチラッとしか見たことがない。もちろん街へ行ったこともない。

だが、そんな不安な気持ちとは裏腹に、ワクワクもする。自分がこれから見るもの、知るもの、学ぶもの。どんな経験をするか分からないが、新たなところへ一歩踏み出すことへの期待に胸がときめく。

それに、もちろんサラが同行してくれる。そして、すっかり私の料理担当として定着しているサミュエルも。

また、護衛の中に一人、殿下から騎士団の者を貸していただくこととなった。その者は第三騎士団の中で、平民出身だが腕が立つ、いわゆる出世株だそうだ。そんな人が騎士団から離れ、私の護衛をしてくれるとは。その期間、手柄も立てることができず、とても申しわけなく思う。

だが、本人は「仕事は何でも全力で臨みますので」となんともなさそうに言っていた。

ちなみに、その護衛は、この前の殿下と行ったお忍びで、一緒に馬車に乗った紺髪の騎士だ。名前はロジェと言い、とても礼儀正しく、無駄口は一切叩かないタイプのようだ。

今も馬車のすぐ隣で馬に乗り並走している。窓から覗くと、よそ見もせずまっすぐ前を見据えている。そんな、窓の外を眺める私に「ラシェル嬢、楽しい旅になるといいな」と、私の向かいから軽やかな声がかけられる。

そう、もう一人同行者がいるのだ。テオドール様だ。

彼も一緒に領地へ行くことになった。出発までどうするか揉《も》めながらの調整だったらしく、一緒に行くことになったと聞いたのは昨日のことだ。

どうやら闇の精霊を調べるためには、クロの側にいた方が良いだろうという考えからである。移動が同じ馬車なのは、「俺けっこう強いよ？　一緒の方が安全だよ」との言葉に両親がぜひ、と言ったからだ。

しばらく魔術師団から離れることになるため仕事の方はいいのか、とも思うが。そこは闇の精霊を調べるということで、内密に許可をもらったらしい。表面上は王太子からの秘密業務ということになっているそうだ。

クロは相変わらずテオドール様に『ニャーニャー』と可愛らしく鳴いて、何かを訴えている。対するテオドール様も「ははっ。分かった、分かった。後でいっぱい遊ぼうな」とクロの頭を撫でている。

うーん。意思疎通ができている？　なぜなのかしら？

やっぱり、テオドール様は侮れないわ。と勝手に対抗意識を持つのは仕方がないと思う。

◆◇◆◇◆

王都を出発して5日、ようやくマルセル侯爵領に入った。通常は馬車で3日ほどで着くが、今回は私の体調を考えて、休憩を多くとっていたために、旅の日程が伸びた。

「さぁ、ラシェル。ついに海が見えたわ。もうすぐ領主館に着くわよ」

「えぇ、お母様！　とても楽しみだわ。それに、海がキラキラと輝いて綺麗ね」

「そうね。屋敷は海を見下ろせる位置にあるのよ。今度ゆっくり海辺に遊びに行くといいわ」

「はい！」

お母様の言葉に頬が緩むのを感じる。こんなにも息を飲むほど、海は綺麗なのね。

海の波が太陽の光に照らされて、キラキラと煌めく。海鳥が風に乗って空高く飛ぶ姿も見える。あぁ、早く行ってみたいわ。

クロも『ニャー』と鳴き、興味深そうにキョロキョロと窓の外を見ている。クロの背を毛並みに沿って撫でると、いつもと違いじっと大人しくしている。どうやら、クロもここが気に入ったのかしらね。

「おっ、海か。海鮮食べ放題だ」

テオドール様は相変わらずだ。飄々《ひょうひょう》とした様子で疲れも見せずに、「貝は外せないな。そういや、あの料理人、変わった料理を作れるって言っていたな」などと呟いている。

人のしんみりとした気持ちなんてお構いなしのようだ。この旅の間も、宿泊先に着くとふらっといなくなり、いつの間にか戻る。ということが何度もあった。

だが、考えすぎる私には、テオドール様のこの雰囲気がずいぶん助けになっている気がする。

とにかく、今日から新たな日々が始まる。とりあえず、屋敷に着いて数日落ち着いたら、街に出かけてみよう！　そう気持ちを新たにし、窓からの景色を眺めた。

◆◇◆◇◆

マルセル侯爵領の領主館は、本当に海のすぐ側であった。この場所だけ丘の上に作られているため、海を見下ろすことができる。窓を開けると、海風が潮の香りを運んでくる。眼前に広がる青空と水平線に気分が高揚し、何だかワクワクしてくる。

あぁ、なんて気持ちがいいのかしら。朝からこんな景色を観ていられるなんて幸せだわ。

この環境と、テオドール様から日々魔力コントロールを習っていること、そしてサミュエルが作る新鮮な海鮮物を使った料理により、私の体調はすこぶるよくなってきている。

クロを抱きながら外の景色を眺めていると、ドアをコンコン、とノックする音が聞こえる。それに「はい」と返事すると、「俺」という声が聞こえる。

俺って。俺って、誰ですか。……まぁ、こんな返事をするのは一人しかいないのだが。

クロを床へ下ろすと、クロはそのままパッとドアの前に駆け寄った。そして、カリカリとドアを《開けて》というように引っ掻いている。それに苦笑いしながら「今行きます」と返事をして、ドアを開ける。そこには案の定、テオドール様が立っていた。

クロは相変わらず、テオドール様の足に擦り寄る。そして、抱き上げられると『ニャー』と何かを伝えるかのように鳴く。それに対し、テオドール様も優しく「あぁ、おはよう」と甘やかに声をかけた。相変わらずの安定ぶりだわ。やっぱり羨ましい。

「テオドール様、おはようございます」

「あぁ、おはよう」

ここに来てからテオドール様は、いつもの黒ローブは着なくなった。今日も白いシャツにオニキスの真っ黒な光沢のある石がついたループタイ姿である。本人が言うには、「ここではローブは目立ちすぎるし、噂になったらやっかい」とのことだ。

だが、長い銀髪はここでもとても目立つと思うが。そこはあまり気にならないらしい。

「ラシェル嬢、準備はできたかい？」

「大丈夫です。あら？　サミュエルはどこですか？」

「あぁ、ロジェと今日のルートを確認しているよ」

ここに来てから数日は、疲れのため外出できなかった。だが、１週間後からは少しずつ出かけられるようになった。

最初は近くの公園、海辺、そして街、というように、徐々に距離と時間を増やしていった。

それでも、領地に来てからは、いまだ寝込むこともなく過ごせている。見るもの全てが新しく、とても充実した日々だと感じる。

そして今日は、市場に行く予定だ。同行者はテオドール様、ロジェ、サミュエルである。どうやら市場では、早朝に朝市というものが開かれていると聞いたのだ。新鮮な魚介類に合わせて、今日は珍しいものも入荷する特別な市ということで行ってみることにした。

「ではサラ、行ってくるわね」

私がサラに声をかけると、「はい、行ってらっしゃいませ」と、にっこりと送り出してくれた。

サラはこのマルセル領に来たことはなく、生まれて初めて見る海にとても感動したようだ。

確かに、海は眺めるだけで心が穏やかになる。昼間は波が光を浴びてキラキラと輝き、夕方は真っ赤な太陽が空と海をオレンジ色に染めて水面に沈みゆく。そして夜は、遠くまで暗闇に染まる中で小さなダイヤモンドを散りばめたかのように星が瞬く。

どの瞬間を切り取っても美しい。この海の先には違う国があって、そこに色んな人々が暮らしている。そう思うと、とても不思議な感覚だ。

馬車に乗り込んだ後も、つい外の景色ばかりを見てしまう。青い空に海、そして徐々に市場に近づくにつれ、ガヤガヤと賑わいを感じさせる声。そのどれもが、私をワクワクさせ、好奇心を刺激してくる。

市場には、テントがズラッと並んでいる。野菜や海産物、スパイスなどさまざまな店がある。

「サミュエル、何かいいものはあったか？」

「そうですね。とりあえず、サーモンとイワシはほしいですね」

「おい、サミュエル。貝も忘れんなよ、貝」

「分かってますよ。本当にテオドール様は貝がお好きですね」

「新鮮じゃないと腹痛くなるだろ、貝」

先頭を歩くテオドール様とサミュエルは、このマルセル領に来てからずいぶん仲良くなったようだ。毎日一緒に市場へ出かけて行く姿に、領地の使用人たちも皆目を丸くしていた。

だがそれも仕方がない。次期侯爵であるフリオン子爵が買い出し、という事実を知れば誰もが驚くだろう。

ところが、テオドール様が言うには、おかしなことは何もないそうだ。騎士団や魔術師団は実力主義なところもあるため、エリート街道まっしぐらであるテオドール様も、魔術師団で地方へ行く時は買い出しもするらしい。ちなみに、野宿も普通にするらしく、自炊もできるらしい。それを聞いた時はさらに驚いてしまった。

そんなことを思い出している間も、テオドール様とサミュエルはさまざまな店を覗いては、今日買う物を吟味しているようだ。

私は人混みの中、前を歩くテオドール様とサミュエルを見失わないように、離れない距離で後ろを歩く。さらに後ろにはロジェが周囲を注意深く観察しながら歩いている。

するとと、視線の先に米や瓶に入った調味料らしき物、それに見たことのない豆も置いてある、どこか異国の雰囲気を出す不思議な店を発見する。

「あら、あそこに売っているのは何かしら？」

「ん？　どこ……あぁ、あれは今日の目玉でもある……確かどっか東の方から取り寄せた珍しい食材ってやつじゃん？　なぁ、そうだよなサミュエル」

私が一つの店を指差して、前を歩くテオドール様に声をかけると、テオドール様は私への返答をしながら、隣を歩くサミュエルの方に視線を向ける。ところが、サミュエルの反応がない。

あら？　返事がないのを不思議に思い、私もサミュエルの方へと顔を向けると、サミュエルは呆然と立ち竦《すく》んでいた。

「どうしたの、サミュエル」

声をかけるが、私の声は全く届いていないらしい。サミュエルはフラフラと人にぶつかりそうになりながら、その店へと向かって行く。

そんなサミュエルの姿に、私とテオドール様は互いに顔を見合わせ、首を傾げてしまう。

「とりあえず追ってみるか」

「えぇ」

私たちはサミュエルの後を追い、テントの前へ進んだ。そしてサミュエルの後ろに並ぶ。だが当のサミュエルは、そんな私たちを気にする素振りもなく、夢中で豆を確認しているようだ。

そして突然、豆を見ていたはずのサミュエルが、急に力が抜けたようにガクッと倒れ込んだ。辛うじて両膝、両手を地面につけて体を支えている。

「わっ！」

その急な行動に私は驚いてしまい、思わずビクッと肩が上がる。

「おい、サミュエル！」

「ど、どうしたのかしら？」

何が起きたかは分からないが心配になり、サミュエルの様子を見ようと覗き込む。すると、サミュエルはボソボソと何かを呟くように口元を動かす。

「どうしたの？　聞こえないわ」

「……ず……き……いず……ようやく……」

「え？」

やはりボソボソと呟く声は、人混みの賑やかさもあり、全く聞こえない。どうするべきかと困惑していると、サミュエルはハッと顔を上げる。

「大豆、小豆！」

「え？」

なぜか感極まったように叫び出したサミュエルに、私は驚きを隠せない。

「なぜここに……ようやく……ようやく会えた……ようやく」

その呟きに、思わずテオドール様と顔を見合わせてしまう。

「ダイズ？」

「アズキ？　何だそりゃ」

「行き別れた兄弟に再会した、みたいな反応ですね」

「あいつ、肩震えているぞ。泣くんじゃないか？」

「……よっぽど会いたかったのかしら」

サミュエルのただならぬ様子に、顔は引きつり、つい一歩後退《あとずさ》りしてしまう。ちなみに、その行動は私だけではなく、ロジェもまた、半歩後ろに下がったのを横目で確認した。

一体どういうことかしら。ダイズもアズキも何だか分からないが、もしかしたらここにある豆のこと？

「えっと……買っていきたいのかしらね」

「はぁ……。ラシェル嬢、ここは俺が見とくから、ロジェを連れてその辺を眺めてきていいよ」

テオドール様は深いため息をつくと、いまだに「麹《こうじ》……あと麹が必要……味噌？　いける？　マジ？　……えっ、餡子《あんこ》？　……これ現実？」などと自分の頬を抓《つね》りながら呟いているサミュエルを遠い目で見つめている。

うーん。確かにこの様子だと、まだまだかかりそうね。この状態のサミュエルを残しておくのは心配だけど、店の前にずっと大人数でいるのも迷惑よね。

「えーと、いいのでしょうか」

「この分じゃ、当分ここを離れることはないだろうな。とりあえず、回ってきたらここに集合で」

「あっ、はい」

「ロジェ、ラシェル嬢を頼んだぞ」

「はい、もちろんお守り致します」

ロジェを振り返ると、テオドール様の言葉に深く頷き、力強く返事をしている。

「では、少し回ってきましょうか。ロジェ、付いてきてくれるかしら」

「はい」

後ろ髪を引かれる思いではあるが、実は先ほど通りすぎたお茶の店が気になっていた。そのため、テオドール様の申し出を受け、ロジェと共に歩みを進めた。

あっ、あそこだわ！　紅茶の缶が何種類も並び、ほかにもガラス瓶に入った色鮮やかなジャムが沢山並ぶ店を見つけた。

とても可愛らしい！　サラに買って行ったら喜んでくれるかしら。そう考え、その店に進もうと足を進める。すると、ピンッとスカートを引っ張られる感覚があった。

あれ？　何かに引っかかった？　不思議に思いながら、チラッと視線を横へと動かす。すると、そこにはスカートを握りしめる女の子がいた。

4歳か5歳ぐらいかしら。茶色の髪を2つに結び、瞳に涙を溜めながらも、必死に泣くのを我慢しているようだ。

「どうしたの？」

女の子を怖がらせないように、私はしゃがんで視線を合わせる。だが、キツく唇を噛みしめた女の子は黙ったまま。そして、答えない代わりに私のスカートを握る手はさらにギュッと強くなった。

「迷子になったの？」

「……」

「えっと、誰と来たのかしら。お母さん？」

そう私が聞いた瞬間、女の子は噛みしめた唇を開け、我慢していた涙が目から溢れた。その直後。

「うっ、うっ、うわーーーん！」

女の子は、大泣きした。

えっ、私？　私が泣かしたのよね？　ど、どうしたらいいのかしら!?

「だ、大丈夫よ！　大丈夫、きっと大丈夫！」

何が大丈夫かは分からないが、慌てる私の口からはそれしか言葉が出なかった。

泣いている女の子に慌てる私をよそに、黙って後ろに控えていたロジェがその女の子をヒョイッと持ち上げる。そして、そのまま肩車をした。

呆気に取られたのは私だけではなかったようだ。その子もロジェの上で口を開けて、ポカンとした顔をしていた。

泣き止んだ女の子は、今度は嬉しそうに「お兄ちゃん、ありがとう！　たかーい」と嬉しそうな声をあげた。

「なぁ、君は誰と一緒に来たの？」

「えっとね、お姉ちゃんとお兄ちゃん」

「姉ちゃんと兄ちゃんは、どこに行ったんだ？」

「お菓子屋さんの前でね、お菓子見てたの！」

「ん？　うん、菓子を見ていたのか」

「そう！」

「1人でか？」

「ううん、みんなで。それで、大っきいお魚がいたから走ったの」

「菓子屋から魚屋に行ったのか？」

「うん、そしたら1人だった。悲しかったの」

女の子はそう呟くと、しょんぼりと眉を下げる。つまりは、お菓子屋さんにお姉さんとお兄さんといたけど、はぐれて迷子になっちゃったのね。

確かにそれは心細いわよね。女の子の気持ちを想うと、こちらまで切なくなり、どうにかしなくては、と考えてしまう。

「お兄ちゃんたちが探してあげるから大丈夫だぞ！　こうやって肩車してたらよく見えるだろ？」

「うん！」

一人で不安だったのか、こちらから話しかけていくうちに徐々に安心したようだ。女の子はどんどん自分からお喋りをしてくれるようになった。

そして、はぐれる前にいたお菓子屋さんを見つけると「あっ、あそこ！　お兄ちゃん、降ろして！」とロジェに肩車を降ろすよう伝えると、急いで走り出そうとする。

慌てて、女の子の手を繋ぎ「歩いて一緒に行こう」と言うと、女の子は「うん！」と嬉しそうに笑ってくれた。

遠くから、若い男の人と数人の子供たちが必死に何かを叫ぶ様子が見える。どうしたのだろう、と目を凝らすと、女の子が「神官様だ！」と指差した。

「知っている人？」

「うん、神官様！」

神官様というと、聖教会の人だろう。この子とどんな関係があるのかしら。そんな疑問を感じていると、彼らがこちらに気付いたようで「ミーナ！」と叫びながら近づいてきた。

女の子も「おーい！」と私の手を振り解《ほど》いて走っていくと、神官様と呼ばれた若い青年に抱きついた。

その神官様は、女の子の様子を見守っていた私たちへ視線を向けると、申しわけなさそうに眉を下げる。

「もしかして、ミーナがお世話になりましたか？」

「この子はミーナと言うのね。迷子になってしまったようで」

「そうなのですね。本当にありがとうございます」

ダークブロンドの髪に、紫色の少し垂れ目がちな優しい目元をしたその神官様は、市場が開かれている広場のすぐ脇の教会の方だそうだ。

「先に戻っていてくれるかい？」と、その場にいた中で一番年長の、たぶん12歳ぐらいの子供に伝えた。

すると、その少年は数人いた子供たちに声をかけると、皆を連れて教会へと戻って行く。少し年上の女の子に手を繋がれたミーナは、帰る時に私とロジェの方を向き「ありがとう」とにっこり笑って手を振った。それに答えるように私も手を振り、去っていく後ろ姿を見送る。

そして、残った神官様へと体を向き直す。年齢も風貌も違う子供たち。神官様にとても懐いている様子。親御さんの姿はない。このことから、あの子供たちの境遇が推測できる。

「あの、あの子たちは」

「えぇ、教会に併設している孤児院の子供たちです」

「では、先ほどのミーナも」

「はい。あの子も孤児です」

やはり、そうだったのか。神官様の言葉に、先ほどミーナとの会話で私は間違いを犯したことを悟る。だから、最初に声をかけた時に、あんなに大泣きしたのだろうか。私が迂闊《うかつ》に『お母さんは？』なんて聞いたから。

「……私はあの子を傷つけたかもしれません。お母さんはどこ、という質問をしてしまいました」

私の言葉に神官様は、少し寂しそうな顔をする。

「ミーナは、そろそろ自分たちが、一般的な家族とは違うということが分かってきたのでしょうね。こういった場に来れば、父親や母親に連れられた同じぐらいの年の子に会うでしょうし」

「そう、なのですね」

「ですが、彼女たちはそれを乗り越えなければいけないのです」

「乗り越える……あんな小さな子たちが」

「それが現実ですからね。だからこそ、私はあの子たちが一人でも立ち上がれるように、愛情を注ぎ、知識を与え、力をつけさせようとしています」

神官様のその言葉には胸を打たれた。確かに、現状を嘆くのも同情するのも簡単だ。だが、そんなことを彼らは望んでいないだろう。

あの子たちの明るい笑顔としっかりとした体つきを見れば、神官様たちがとても愛情をかけて育てていることが分かる。

「あの、今度、教会へ伺ってもよろしいでしょうか」

「ええ、もちろん。ミーナもほかの子供たちも喜ぶでしょう」

私の言葉に神官様は目を細めて優しく頷いた。そして「そろそろ戻らなくては。本当に今日はありがとうございます」と丁寧にお礼を述べてくれた。

去っていく神官様の後ろ姿を見ながらロジェに「とても優しそうな方ね」と言うと、ロジェも静かに頷いた。

「それにしても、あなたは子供の面倒を見るのが上手ね！　すっかりあの子も懐いていたもの」

「えぇ、俺も教会の孤児院育ちなんで。下の奴らの世話は年長者の仕事ですからね」

ロジェは、何でもないことのようにサラッと言う。

「まぁでも、あのお方みたいに、優しい神官様やシスターに育てられたんで。俺は生い立ちがどうってのは気にしてないですがね。そりゃ孤児は蔑まれたりはしますけど、この国の騎士は剣一本でどうとでもなりますから」

ロジェが続ける言葉に、さらに驚く。教会が孤児院を併設していることは多いと聞くが、ロジェもまた教会で育っていたとは。

「そう。……ロジェ、話してくれてありがとう」

「いえ」

教会の孤児院は聖教会で管理しているが、財源は国や貴族の寄付だ。教会への寄付や慰問に熱心な貴族の領地では、孤児院でも衣食住が満たされ、さらに勉学などにも励むことができる。

だが、そうでない貴族のところでは、全て教会任せで、環境がいいとは言えないそうだ。

私もそろそろ教会には行きたいと考えていた。ただ、現在の私の処遇は国と教会の問題であるから、自分から積極的に関わってもいいのか悩んでいた。だからこそ、今日の出会いは、一歩前へ踏み出すという意味でとても大きいのではないかと思う。

「さぁ、テオドール様たちのところへ行きましょうか」

「はい」

その時の私は、先ほどの出会いによりすっかり忘れていたのだ。

そう、サミュエルのことを。先ほどの店に戻り、テオドール様が1人で立って待っている姿を見て、ようやく思い出した。

「あの、サミュエルはどこに？」

「あいつさ、何だか豆を神みたいに崇めているから、とりあえず置いてある分、全部を領主館に運んでもらうよう店主に頼んだんだよ。そしたら、準備をしないと、って走って帰った」

「走って！　ここから？」

ここから領主館までは、馬車でも20分はかかる。それを走るというのは……。でも、私には想像もできないが、サミュエルの屈強な体なら、案外平気なのかもしれない。そう自分を納得させていると、疲れ果てた顔をしたテオドール様がサッサと歩き始める。

「……俺もさすがに疲れた。早く帰ろ」

「はい。お疲れさまでした」

どうやらサミュエルも大きな出会いを果たしたようだ。そして、これによって私の日常生活と食生活も、また少しずつ変わることになる。

5章　聖教会での日々

「こんにちは」

「ようこそお越しくださいました」

今日は、サラ、ロジェと共に教会に来ている。

「ラシェル様が来るからと、子供たちが今か今かと待ち構えていますよ」

「ふふっ、嬉しい。ではすぐに行きますね」

神官様の言葉に、子供たちの顔を思い出し、笑みが浮かんでしまう。神官様と共に教会の裏手へ行くと、孤児院の入り口の扉から子供たちが雪崩《なだれ》を打って駆け出してきた。

「ラシェルさまだ！」

「ラシェルさまー！　いらっしゃい」

「今日クッキー焼いたの！　食べて食べてー」

「えぇ、もちろんよ。では、神官様」

「はい、よろしくお願いします。私も後で行きますね」

子供たちは両脇から急《せ》かすように私の両手を握って引っ張り、ほかの子は背中に回り込んでぐいぐいと押す。

「ほら、あまり慌てると転んでしまうわ」

子供たちの笑顔にこちらまで微笑んでしまう。毎回こんなにも歓迎してくれるのがとても嬉しい。

この教会に通うようになって、もう1カ月ほど経つ。市場で会ってから数日後、母と共に教会へと赴いた。

領内の教会ということで、母は神官様とも既に顔見知りだそうだ。何度かここへ来ているようで、神官様は3年前にここに赴任したらしい、という情報も母が教えてくれた。

神官様は、私が挨拶の時に名乗ったことで領主の娘だと知り、とても驚いたようだ。だが、それで態度を変えることはなかった。

実際、名乗ることで態度が変わる人は沢山いる。私自身が身分や立場に拘っていたことがあるため、そうする人を非難したり否定するつもりはない。

だが、今になって思うことがある。そうする人は人から信用されない。その人自身を見ない人間を誰が信用するだろうか。かつて人と上辺だけの関係しか築けなかったのは、自分がそんな人間だったからなのだろう。

教会を訪れた人それぞれに、神官様がとても丁寧に接する姿を見て《こうありたい》と思えるようになった。ここでは、いつでも穏やかな時間が流れている。受け入れてくれる温もりがある。だからこそ、この教会は人が多く足を運ぶのだろう。

子供たちがすぐに懐いてくれたのも、私にとってはとても嬉しいことであった。ここに来た時は子供たちと遊んだり、本の読み聞かせや文字を教えたりもしている。ロジェは、騎士という憧れの職業であるため、いつも男の子たちに囲まれている。サラは年配のシスター２人の手伝いをしたり、女の子たちに縫い物を教えたりしていた。

「ねぇ、ラシェル様は王子様のお嫁さんなの？」

１冊の絵本を３歳から８歳ぐらいの子供たちに読み聞かせ終わると、ミーナが大きな目をパチパチと瞬かせながら私に問いかけた。その言葉に、思わず目を見開いてしまう。だが、すかさず８歳の女の子がミーナに言い聞かせる。

「違うわよ！　婚約者ってやつなのよ」

「こんやくしゃ？」

「結婚する予定の人よ！　ねっ、ラシェル様」

皆の目が興味津々にこちらを向くのに、思わず苦笑いしてしまう。

うーん、どう答えるのがいいのか。

「そうね。結婚しましょう、とお約束しているのが婚約者ね」

「じゃあ、やっぱり王子様のお嫁さんなんだー」

「わー、じゃあラシェル様はお姫様ね！　すごーい」

「お姫様？」

「わたしはずっと、ラシェルさまのことお姫様って思ってたよ！　かわいいもん」

私が説明すると、子供たちは大きな声ではしゃぎ始めた。だが、ミーナだけは落ち込んだように項垂れていた。不思議に思い、急に元気がなくなってしまったミーナを抱き上げて、膝の上に乗せ「どうしたの？」と問いかける。

「あのね、お嫁さんになったら、もうここに来ないんでしょ？」

「うーん、そうね。そうなったら、あまり来られなくなるかもしれないわね」

その答えにミーナは、拳をギュッと握りしめて黙り込んでしまった。どう伝えるべきなのか思案していると、ミーナが突然大きな声を出す。

「……王子様なんてきらーい」

「嫌い？　どうして？」

「ラシェル様を取っちゃうから」

頬を膨らませてツンっと顔を背けるミーナを優しく抱きしめた。子供は幼いようで沢山のことを考えている。特にここにいる子たちは、死別や経済的理由、もしくは本人にも分からない理由でここにいる。大人の様子が気になったり、噂をこっそりと耳にすることも多いだろう。

私が口を開こうとすると、ミーナはすぐに「あっ！　そうだ！」と明るい声をあげた。

「ラシェル様が神官様のお嫁さんになればいいじゃない！」

「えっ？」

「神官様は優しいし、かっこいいよ」

「うーん、そうね。でもね……」

「だって、そうしたらラシェル様は、ずっとここにいられるよ」

いいことを考えた、とばかりにニコニコとこちらをまっすぐ見て言うミーナに、苦笑いしてしまう。どう答えるべきなのか。

「こらこら、ラシェル様を困らせてはいけないよ」

悩んでいる私の後ろから、いつもの優しい声が聞こえた。振り向くと、神官様は困ったような笑みを浮かべて「ミーナ、向こうでオヤツの準備をしていたよ」と私の膝の上のミーナに声をかけた。

ミーナはさっきの話など忘れたように「オヤツ！」と私の膝からピョン、とジャンプして飛び降り、こちらを見ることなく部屋を飛び出して行った。

神官様は私の側の椅子に座ると、申しわけなさそうに眉を下げる。

「誰に聞いたのか……すみません。困らせてしまいましたね」

「いえ……」

「ミーナは特にあなたに懐いていますからね。あなたも何か理由があってここにいるのでしょう。王都に帰るとなれば、悲しむとは思いますが、それも大事な経験です。気になさらなくて大丈夫ですよ」

私が何を考えているかなんて、お見通しなのだろうか。神官様は、紫の瞳を優しく細める。

「都合のいい時に来て、帰るなんて……私は子供たちを振り回していますね」

ここで読み書きを教えても、それは一時的なものだ。学習は継続しなければ力にはならない。だが、そのうち来なくなるような私が少し手を出したところで何も変わらない。むしろ私だけが何かをしている気分になるだけなのではないか。

唇を噛みしめる私に対し、神官様は穏やかに微笑んだ。

「だったら、変えていってください。これから」

「変えていく？」

「あなたが孤児院のあり方、教育の仕方を考えていけば、この国もさらに変わっていくでしょう。子供は未来を持っています。それはここの子たちだけじゃない」

「未来……。今の私はただ、ここにいることが居心地がよくて、具体的にどうすればいいかなんて分かっていないのです」

「そんなの、大人も皆そうですよ。私ももうすぐ20代も半ばになりますが、いまだ何かを成し遂げたわけではないです。ただ、居心地がいいだけです」

そう恥ずかしげに笑う神官様は、何でもないことのように道を示してくれる。安心感をくれる。まだ、今は模索してもいい時間だと。

「でも、少しでも長く……この時間が続くと嬉しいですね」

「え？」

「私もミーナと同じです。あなたがいる場所は居心地がいいのです」

いつものように眉を下げながら言う神官様の顔が寂しげに見えたのは気のせいだろうか。それとも、私がまだここにいたいからそう思えるのか。

◆◇◆◇◆

——ラシェル嬢がいるのはここか。

ラシェル嬢に伝えなければいけないことがあるため、俺は初めてこの敷地内に足を踏み入れた。というのも、普段はサミュエルと買い物をしたり、魔術師としての仕事をこなしたりと、なかなか忙しいこともある。

初めて来るが、マルセル領内の聖教会でも、ここは中心なのだろうな。海や街との距離がちょうどよく、住人も来やすいし、精霊も好みそうな場所だ。あの黒猫ちゃんも連れてきたら、喜びそうだな。

教会の敷地へ入ると、ラシェル嬢の言っていた通り、教会の裏に孤児院を見つけた。ゆっくりと歩みを進めて近づくと、庭でロジェが少年たちに剣を教えていた。すぐ近くでは、ラシェル嬢が子供たちに囲まれて花壇に水をやっている。

子供たちへ優しく語りかけている様子を見ると、ずいぶん慣れ親しんでいるようだな。子供と話していた彼女は、ふと後ろを振り返り、一人の青年に話しかけている。

ふーん、あれが噂の神官ね。確かに物腰が柔らかで、人好きのする感じだな。ルイのように誰からも注目を集める美形ではないが、この距離でも割と整った顔立ちが窺える。

ここに通うようになってから、ラシェル嬢はずいぶん意欲的になっているようだ。今までにない自信に満ちた笑顔をふりまき、痩せ細っていた顔つきも健康的になった。何より、誰かに必要とされている実感、というのがいい影響となったのだろう。

おっ。ロジェが俺に気付いたようだな。

遠目にロジェが一礼するのが見える。さらにラシェル嬢もそれに気付いたのか、神官に何か

を伝えた後、こちらに近づいてくる。俺も足を進めて、ラシェル嬢に手を上げて挨拶した。

「テオドール様、どうされました？　ここに来るのは初めてですよね？」

「あぁ、実はちょっと急ぎでね。すぐに王都に戻らないといけないから、別れの挨拶」

そう告げると、少し釣り上がったラシェル嬢の目は僅かに見開き、口紅をつけなくても真っ赤な唇が「まぁ」と呟いた。

「急なことですね。テオドール様にはお世話になってばかりで」

「いや、こっちも色々分かったこともあるし。とりあえずの収穫はあったよ」

「分かったことですか？」

「まぁ、それは追々」

「あっ、こちらの教会の神官様にご挨拶されますか？」

ラシェル嬢がチラッと神官の方へ視線をやると、神官もこちらを見てその場で礼をした。

ふーん、なるほど。どうやら、この神官は俺のことを知っているようだな。俺の顔を見て《なぜここに》と言いたげに、少し驚いた顔をしている。まぁ、俺は精霊関係の仕事も多いから、王都の大教会にはよく行くし、知られていても無理はないか。

「いや、いい。急いでいるからもう行くが、何かルイに伝えることある？」

「あっ、でしたら……」

最後にあいつの名前も出しとくか、と念のため聞いておく。きっとあいつに会ったら嫌でもこのお嬢さんの話を聞きたがるだろう。だったら、土産の一つでも持っていってやるか、と考える俺は、ほんと幼馴染想いだな。

ラシェル嬢も数秒思案した後、俺の目をまっすぐ見てきた。伝えたい言葉とやらを託された俺は、「伝えとく」とニヤリと笑う。

それにしても、この子もこんな顔をするようになったとはね。人のことをこんなに力強く見るような子ではなかったが……何か思うことでもあったのか。

少し前までは、弱々しくて誰かに守られないと生きていけなさそうだったのに。今は自分で立てるようになったようだな。

「よろしくお願いします」

ラシェル嬢は穏やかな笑みを浮かべ、深く頭を下げた。その頭を思わず、ポンポンと叩くと「じゃあな」と一言だけ残し、俺はそのまま教会を出る。

そのまま市街地とは反対方面の森へと一直線に進んだ。森の奥深くに到着すると、辺りはシンと静まり返っている。

まぁ、この辺でいいか。手を前へとかざしながら瞳を閉じ、ゆっくりとイメージする。すると徐々に手から淡い光が発せられる。

『トルソワ魔法学園　生徒会室』そう呟いた瞬間、自分の体を強い光が包む。そして、一瞬のうちに光が止む。

着いたか？　かざしていた手を下ろして、目蓋を開けると同時に。

「うわっ！」という叫び声が真後ろから聞こえ、転移が成功したことを悟る。後ろを振り返ると、嫌そうに顔を歪めるルイの顔。

「おっ、久しぶり」

「久しぶり、じゃないだろう！　普通に現れろといつも言っているのにもかかわらず。それに誰かいたらどうするんだよ」

「いないって知っているから来たんじゃないか」

「はぁ……どうして知っているんだ」

目の前のルイは頭に手を当てて深くため息をついた。まぁ、今のこの国で、転移の術なんて俺しかできないからな。便利だから本当に助かるが、疲れやすいのだけが難点だ。

そのため、この術は、今日みたいに急いでいる時以外はほとんど使用しない。

「まぁ、用件だけ先に聞こう」

ルイはそう言うと、生徒会室の扉の奥にある特別執務室のドアを開ける。そして、俺に中に入るように促し、中央にあるソファーに静かに座る。

俺もルイの座ったソファーの向かいにある1人掛けにドカリと座る。すると、さっきまでの表情と違い、ルイは俺を射抜くような鋭い視線を寄越す。

おぉ、急にその仕事モード全開の威圧感を出すなよ。めちゃくちゃ居心地悪いじゃん。まぁ、いいや。とりあえず、さっさと仕事を済ませようと考え、用件を伝えるために口を開く。

「やはり闇の精霊とはいえ、あの黒猫には特別な力はない」

「そうか……闇の精霊自体の特性は？」

「おそらく、というのは考えついたが。確信は持てない。そっちは」

「あぁ、闇の精霊は確かに過去、この国に存在した可能性がある。だが、全ての文献が、意図したかのように消されている」

「……やっぱりな」

掴めそうで掴めない。やはり誰かが闇の精霊の存在そのものをなかったことにしようとしているようだ。

思わず体の力がドッと抜ける。誰が何でそんなことをしたのかは分からないが、本当に余計なことをしてくれたものだ。どこから手を付けるべきかと考え、深いため息が漏れてしまう。

だが、一つ注意を払わなければいけない場所が確実にある。

「あとは、やっぱり教会だな」

「あぁ、大神官とは何度か面会している。とりあえず、ラシェルの契約した闇の精霊について、教会内では大神官を含め数人にしか伝えていない。教会内でも広めないよう言っている」

「あぁ、今のところはあまり知られない方がいいだろう」

「教会ならば、闇の精霊について何かしらの情報を持っている可能性はある。けど、あそこは教会内の情報が外へ出ることを嫌うからな。すんなり教えてくれるとも思えない」

「そうだな」

教会の弱みでも握れたら楽なんだけどな。あいつらもそう易々《やすやす》と尻尾を掴ませるはずがないだろう。とはいえ、ここに急に来ることになった本題についても伝えておかないとまずいな。

「辺境で怪しい術の跡が見つかった。とりあえず俺はそっちに応援に行くから、この件はしばらく一人で頑張ってくれよ」

「怪しい術ね。今度は何だよ、次から次に……」

「あ？　なんかあったのか？」

ルイはキラキラと煌めく金髪を右手でガシガシと掻くと、「学園内でちょっとな」と気まずそうに呟いた。

「エルネストがやたらとある生徒に肩入れして、生徒会に入れようとしているのが面倒でさ」

「エルネスト？　……あぁ、ラシェル嬢の従兄弟くん。何？　女子？」

「あぁ、成績はいいが……まぁ、ちょっと色々」

気まずそうに話すルイに、とりあえず「お前も大変だな」と他人事《ひとごと》のように労《ねぎら》っておいた。

まぁ、他人事だしな。

この王子様もなかなか忙しいからな。王太子の仕事もしつつ、婚約者の問題を片付けつつ、学園のまとめまで。とりあえず、あの土産だけ渡しとくか。

「そうそう、ラシェル嬢からの伝言」

その言葉にルイは分かりやすくビクッと肩を揺らした。

「何だっけな。そうそう『もうすぐ答えが出そう』だそうだ」

「……答え」

その伝言にルイは、瞳を揺らしてボケッとした表情になる。そして、何やらもごもごと口元で呟いているが、よく分からない。きっと、まだ知りたいことが色々とあるのだろうな。視線を左右に彷徨わせ、考え込む素振りを見せている。

——とりあえず……からかっておくか。

「じゃあ、それだけ。俺は魔術師団に顔を出すから」

そう言いながらソファーから立ち上がろうとすると、ルイは案の定慌てたように「ちょっと待て」と俺の腕を掴んで、無理やりまたソファーへと座らされる。

「何？」

「だから……あいつはどうしてる？」

俺はルイの忙しなく彷徨う目元をよそに、わざと惚《とぼ》けた声で聞く。

「あいつって……。あぁ、マルセル領での様子を聞きたいの？」

その言葉にルイは頭をバッと上げた。瞳の奥には不安と期待が僅かに揺らいでいる。何だかんだで、ルイとラシェル嬢は頻繁に手紙のやり取りをしているようだ。

ルイからの手紙が届いた際、ラシェル嬢が大事そうに受け取っていた姿を思い出す。だが、やはりもう2カ月近く、会うこともなく手紙のみのやり取りだ。そりゃあ、実際に顔を見られないとなれば、少しでも相手を知る機会を得たいと思うだろう。

ただ、あの神官。来る前にチラッと見た、あの神官の様子を思い出す。会釈程度の関わりしかなかったが、それでも気がかりがある。

ラシェル嬢の方はなんとも思っていないかもしれないが、あの神官の方は分からない。婚約の継続が危ぶまれているルイにとって、今後もしかしたら彼が強敵となる可能性もある。

うーん、ここらでちょっと焚《た》き付けておいた方がいいのかもしれない。そう考えた俺は、とあることを思いついて、ルイに見えない位置でニヤリと一瞬笑う。そして次の瞬間、わざと神妙な顔を作ると、できる限り暗い声で話し始める。

「あー、なんかさ、すごい出会いがあったみたい」

「出会い？」

「あぁ。俺さ、あんなに一瞬で心を奪われる？　そんな瞬間を見たの初めてだよ」

「心を奪われる……だと？　どういうことだ！」

「どう言うこと……。あれはそう、運命の出会い、だな」

「運命の……出会い……」

俺が告げた言葉に、ルイは一瞬で顔面蒼白になる。ガタッと慌てたように立ち上がると、「行かないと」と呟き、ドアまでの距離を何度も色んなものにぶつかり、躓《つまず》きながらフラフラと部屋を出て行く。俺はそれを黙って見送った。

バタン、とドアが閉まるのを確認し、我慢していた肩がフルフルと震えるのを感じる。

ヤバッ、何あの慌て方。肝心なこと聞いてないのに出てっちゃったよ。えっ、マジであれがルイなわけ？　はは、まじ面白い。あいつがあんな風になるなんて。いやー、完っ璧に勘違いしてたな。

扉の閉まった部屋で、俺の声が届く相手はいない。そう考えると、笑いが込み上げてくる。

「……出会ったのはサミュエルと豆の話なのに」

呟いた俺の声はきっとルイには聞こえていないだろう。でも、実際にルイは《あいつはどうだ》としか言ってないのだから、俺が嘘をついたことにはならない。

まぁ、どう考えても、ルイが気にした相手が、サミュエルであるわけはないけどな。ただ今回の件に関しては、ラシェル嬢とはっきり言わなかったルイが悪い、ということにしとくか。

まぁ、若者よ。しっかり悩んでくれ。って、俺だって若者だよ。そう、自分で突っ込みながら、今頃ルイに無理難題を言われているであろうシリルには申しわけなかったかな、と若干考える。あいつもルイの初恋に振り回されて大変だな。

さっ、俺も仕事仕事。

6章　神官の思惑

自室で本を読んでいると、サラが私に一声かけて入室した。その手には前回教会に行った際に私が被っていた帽子を持っていた。

「あら、これ教会に忘れてきた……」

「はい。神官様が届けに来てくださったようで」

「それで、神官様は？」

「そのまま帰るとおっしゃっていたのですが、お嬢様もご挨拶したいかと思いまして。応接間でお待ちいただいております」

「そう、サラありがとう」

確か……子供たちと外を散歩した後、部屋のテーブルに置いたまま忘れてしまったのよね。

神官様には《帽子を忘れてしまったので、次回訪問する時まで保管しておいてほしい》と手紙に書いた。だが、神官様はわざわざ届けに来てくれたようだ。

私は読んでいた本に栞《しおり》を挟み、サラと共に神官様の待っている応接間に向かった。

応接間に入ると、神官様は椅子には座らず窓際から庭園を眺めていた。そして、こちらに気付くと穏やかな微笑みを浮かべ、体を私の方へと向けて一つ礼をした。

「お待ちいただきまして申しわけありません。どうぞ、おかけください」

「ありがとうございます」

神官様とテーブルに向き合うように座ると、すかさず侍女がポットとカップが乗ったワゴンを運んできて、お茶の準備をする。

「わざわざお持ちくださいまして、ありがとうございます。神官様にはご迷惑をおかけしてしまって、本当に申しわけありません」

「いいえ、たまたま領主館近くに用事があったものですから。しかも、あなたの顔まで見られたのですから……役得ですよ」

「そんな……」

にこやかな笑みを浮かべる神官様は、私の申しわけなさを笑顔で流してくれる。本当に優しい人だと再確認し、尊敬の念が深まる。

「そういえば、子供たちのために色々とご尽力いただいているようで。ありがとうございます」

「いいえ、まだ両親と話し合っている段階ですので、お約束できることは何もないのです。それに、マルセル領全体で教育のあり方を見直すのは、この領にとってもいいことだと思いますので」

そう、孤児院の子供たちと関わり、神官様の助言を聞いて、領内の教育をもっと充実できないかと考えた。

現在、領内には、10歳から14歳が通える学校はある。だが、その学校へ通うのにはお金がかかるため、実際に通えるのは、文字や計算が必要となる商人などの子供がほとんどだ。

学校に通えない孤児たちは、突出した能力がなければ、給金の低い職に就くほかない。結果、家庭を持ったとしても、貧民層となる可能性が高い。

《未来ある子供》と言った神官様の言葉は私にとって大きな衝撃だった。生まれた環境は無理でも、チャンスは可能な限り与えてあげられないだろうか。

私がやり直すチャンスをもらったように、どの子にも自分の力で変えられる力を持ってほしい。そのためには、力をつけなければいけない。騎士や魔術師は努力も最大限に必要だが、元々の素質がなければ、そもそも弾かれてしまう。

だが、学問は違う。知ること、学ぶことで世界を広げれば、それによって新たな道を自ら作り出すことが可能となるだろう。

そうは考えても、財源が無限にあるわけでもない。夢物語で終わる可能性さえある。だが、それでも何かできないかと模索し、もがくことで未来は開かれるのではないか。

「私にはまだ何も力がないのです。それが悔しく、歯痒《はがゆ》く思います。ですが、神官様が道を示してくれたお陰で一歩踏み出せたのです」

「いえ、それは元々あなたが持っていたものでしょう。踏み出したのは、あなたの勇気ですよ」

私の言葉に耳を傾け、否定せずにいつでも穏やかに答えてくれる神官様。

私はふぅっと一つ息を吐き出した。

「いえ、まだまだ臆病者です。本当はやらなくてはいけないことが見えているのです。でも、怖くて……前に出す足が震えます」

神官様といると、不思議と自分の気持ちを素直に曝《さら》け出してしまう。受け入れてくれる安心感に、自分の弱さや不安など、人にはとても話せないことを、つい言葉に出してしまう。彼ならどんな話でも優しい顔で聞いてくれるだろう。そう思わせる何かを持っている。

この人の周りは、まるで湖のような穏やかな波だ。静かに、優しく包まれる波のようだ。

「それでも、進むのでしょう？」

「……はい」

そして、ただただ甘やかすわけではない。私の気持ちなど見透かしたような優しげな紫の瞳は、その言葉に少しだけ揺れた。

「この間、言いましたよね。あなたがいる場所は居心地がいいと」

「はい」

「きっと、私は元々弱い人間なのです。祖父や親兄弟が神官だから神官になった。志も何もなく神官を目指した、流されるだけの人間です」

「弱いなどと……」

流されるだけの人間……。神官様の言葉に違和感を覚える。私には、彼は思いやりに溢れた優しい人に見える。穏やかで、芯がまっすぐで、流されてこの神官という立場にいるようにはとても思えない。

それに、ご家族が皆神官だったという、初めて聞く神官様の事情に、私は少なからず驚いた。そして、神官様からご家族の話が出るのは初めてということにも、言われて初めて気付いた。

彼は聞き上手だが、自分のことはあまり言わない。でもそれで壁を作られているとは誰も思わないのではないか。

教会でも沢山の人に慕われ、一人一人とまっすぐ向き合う神官様の姿に、多くの人が救われている。だが、彼もまた表に出さないだけで、沢山のことに悩み続けているのかもしれない。それでも、人に寄り添い、困った人にすぐに手を差し伸べている。派手ではないが、誰にでもそれができるかと言ったら、そうではないと思う。

神官様は、目蓋を一度閉じてから開ける。その瞳はどこか遠くを見るように、ジッと前を向いている。

「いえ、私は初めから抗うなど考えもしませんでした。あなたは元々強いようには見えません……だからといって、決して流されるわけではない。初めはそれが不思議でした」

「……はい」

「私は変わることができません。でも、あなたは違います。これからあなたがどうなっていくのか、その姿を見ていたくなるのです。……だからこそ、惹かれるのでしょうね」

初めて聞く弱音のような言葉だ。最後の言葉は小さな呟きだった。そのため、私には聞き取れなかった。

聞き返そうとする私に、神官様は「私の事情は忘れてください」と話を終わらせ、恥ずかしそうに、にっこりと笑みを作った。

それ以上踏み込めない神官様の雰囲気に、私もただ黙って微笑み返すしかなかった。

子供たちが待っているからそろそろ、と席を立つ神官様に、慌てて玄関先まで見送ることを伝える。

共に玄関ホールまで来ると、神官様がある一点をじっと見つめていることに気付いた。

「どうされました?」

「あっ、いえ」

私の声に驚いたようにハッと振り向くと、神官様は花瓶に入った花を指さした。

「祖母の好きな花でした。先ほど家族のことを思い出したので、どうしているかと懐かしくなりまして」

「まぁ、そうなのですね。お祖母様にはしばらくお会いになってないのですか？」

「はい、神学校を卒業して家を出てからは、なかなか帰る機会がなくて」

「そうなのですか。お祖母様も今の立派なお姿を見たらきっと喜びますね」

「そうだといいのですが。また手紙を送ろうかと思います」

照れ笑いを浮かべる神官様を、微笑ましく思う。きっと神官様のご家族も、神官様のように優しく愛に溢れた人々なのだろうと想像する。

そして、「また教会でお待ちしておりますね」という言葉を残して去っていく姿を見送った。

『ニャー』

神官様が去った直後、待ち構えていたかのように後ろから声が聞こえる。振り返ると、口のまわりに菓子のクズを付けたクロが近づいてきた。抱き上げ、口元のクズを払うとクロは嫌がるように首を左右に振る。

「またお菓子を食べていたのね」

ついクス、と笑いが漏れる。その姿も可愛らしいのだけれど。

そこへ「お嬢様！」と慌てながら近づくサラの声が聞こえた。

「サラ、どうかしたの？」

「たっ、大変です！」

サラは私の前まで来ると、1通の手紙を差し出す。その緊迫した様子に、思わず周囲を見渡すと、使用人たちも慌てたように何かを準備し始めている。

屋敷内のただならぬ雰囲気に、ついクロを抱いていた腕の力が少しだけ強まってしまう。クロは『ニャッ』と嫌がるようにジタバタし、ピョンと腕から降りて走り去ってしまった。

「何かあったの？」

つい眉を寄せて怪訝な表情をすると、サラに聞く。

「先ほど、殿下の遣いが参りました。どうやら殿下が王都を立って、こちらに向かっているそうです。しかも、そろそろ着くかも……と」

殿下が？　つい1週間前にテオドール様が帰ったと思ったら、今度は殿下？

サラの答えを聞いて、ますます頭の中で疑問ばかりが浮かぶ。

サラに何度も部屋に戻って着替えるよう伝えられるが、思考が停止している頭では、その声も右から左へと通りすぎてしまう。背中を軽く押されてようやく動き始めることができた。

その頃、屋敷の前では、私の知らぬうちに蒔《ま》かれた疑惑の種が、小さく芽吹《めぶ》こうとしていた。

というのも、神官様が屋敷から出て行く後ろ姿を、馬上で茫然と見つめる人影があったとか。

だが、屋敷の中で混乱中の私は、全く気付きもしなかった。

◆◇◆◇◆

「殿下、ようこそお越しくださいました」

「あぁ、元気そうで安心したよ」

殿下がシリルや護衛と共に現れたのは、私の支度が終わってすぐのことであった。久々に会う殿下はどこか疲れた顔をしている。いつもの微笑みが、僅かにぎこちなく感じるのは気のせいだろうか。

「今回はどうされたのですか？　こんなに急に」

「……この先のドナシアン領に急遽《きゅうきょ》用事があってね。ちょうどここを通るから、マルセル領に一泊することになったんだ。急ですまない」

「まぁ、そうでしたのね。お気になさらないでください。お顔を見られて嬉しく思います」

殿下の立場になれば、国内で何かあれば急遽遠出をしなければならない事態もあるだろう。

それにドナシアン領といえば、領主が最近羽振りがいいと評判だ。調査をするのが目的なのか、それとも、もう既に何かの仕事のあとなのか。

ただ、こんなに早急に少人数で移動していることを考えると、内密で動いているのだろう。ここにいることさえ公にできないからこそ、連絡が直前になったのかもしれない。

だがそう考えると、殿下はとても忙しい中で、わざわざお立ち寄りくださったのだろう。身なりは清潔感があるが、よく見ると服がだいぶ縒《よ》れている。かなり急いで来たのか、長時間馬に乗っていたのだろう。お顔にも疲れが滲んでいる。

疲れているのに、わざわざ来てくれたことに申しわけなさも感じる。だが、目の前に殿下がいるという事実に、やはり心が浮き立つ気がする。

「宿泊はどちらに？　よろしければ客間を用意しましょう」

「心配はいらないよ。宿はシリルが手配してあるからね」

「そうでしたか。では、夕食をぜひご一緒に」

「……あぁ。では、そうさせてもらおう」

どこか強張っていたような殿下がようやく表情を緩め、微笑んでくれたことにホッとする。

うん、やはり一息つきたいのね。夕食までの間は少しお休みできるように部屋を整えておいてもらわないと。そしてもう一つ、伝えておかないといけないことがあるわね。

「本来ならば母もご挨拶すべきなのですが、本日は隣の領に出かけておりまして、明後日まで留守にしております。せっかくの殿下のご訪問ですのに、大変申しわけありません」

「いや、急に来たのはこちらだからね。こちらこそすまなかった。でも、王都にいた時よりずいぶん顔色がよくなったようで安心したよ」

「ありがとうございます。久々にお会いできたのですから、お話ししたいことも沢山あります」

「あぁ、では夕食の時にラシェルの話も聞かせてくれ」

殿下は恐る恐るといった様子で私の頬に手を添える。自然と見上げる形になると、殿下の瞳に私の顔が映る。

「会いたかったよ、ラシェル」

殿下が小さく呟いた声は、とても甘く優しく聞こえる。その言葉と共に、殿下の蒼い瞳が私へとジッと向けられる。まるでその瞳に捕らえられたかのように、私の心臓はドクンと大きく音を立てた。

その後、夕食までのしばしの時間さえも、どこかソワソワしてしまい、サラに何度も「お嬢様、落ち着いてください」と苦笑いをされてしまった。

ダイニングへと向かうと、既に殿下が待っていた。待たせてしまったことを謝罪しようとするが、殿下は「ラシェルとの食事が楽しみすぎて早く来すぎてしまったんだ」と照れたように告げた。それに対して、私は顔中が真っ赤に染まったまま、黙って席に座るほかなかった。

夕食は、普通であれば長テーブルの端と端に座るが、殿下の希望で、私は殿下のすぐ斜め横に座った。距離が近いだけで、不思議とどこか親しみのある雰囲気になる。

街の様子や市場のことなど、私の話に殿下は興味深そうに頷き、時々質問も交えて和やかな食事会となった。

だが、殿下は時々何かを探るような視線を寄越す。その視線の意味を計りかね、不思議に思っていると、少しの沈黙の後、殿下はテーブルを見つめたまま、険しい顔で口を開いた。

「先ほど、この屋敷から神官が出て行ったようだが……」

「あぁ！　そうでした。大事なお話をしていなかったですね」

「大事な話……」

殿下との久しぶりの歓談があまりに楽しく、話題が次から次へと溢れ出ていた。そのため、いまだ教会についての話をしていなかったことを思い出す。手紙には孤児院に通っている話は書いたが、簡単な経緯だけで、孤児院の詳細は話していなかった。

何から話そうか、と考えている中で、つい子供たちの様子を思い出し、「ふふっ」と笑みが溢れる。だが殿下は、私のその表情に愕然としたような顔をした。

「テオドールが言っていたことは本当なのか？」

「テオドール様？　何か仰っていましたか？」

「君が……その……うんめ……いや、出会った……と」

殿下が珍しく何度も言い淀みながら言った言葉。出会った……と言ったのよね。

それにしても、テオドール様は何の話をしたのかしら。このマルセル領での出会い、そう聞いて真っ先に思い浮かぶのは、市場でのミーナのこと。その出会いが教会へと繋がり、そして自分の今後を考えるきっかけになったのだから。

「市場でのことですか？　えぇ、たまたまですが。そこからご縁ができまして。結果として、私にとって本当によかったと思っているのです」

私の言葉に殿下は一瞬、傷ついたかのような表情を浮かべて眉を下げた。

「よかった……ことなのか」

「えぇ、結果として私は、孤児院で子供たちと充実した時間を過ごしています。今は子供に文字を教えたり、本を読み聞かせたり、大したことはできていませんが」

「あいつ……あの神官は、君にとってどんな存在なんだ」

「神官様は、道を示してくれたのです。踏み出す勇気のない私の背を押してくださったのです」

「君にとって大事な人であると？」

大事な人？　確かに神官様がいなければ、自分が何をしたいのかはっきりと見えなかったのは確かだ。だが、殿下の言っている意味合いはそういうことなのだろうか。

何だかさっきから、殿下はやたらと歯切れの悪い聞き方をする。

「確かに神官様は私にとって……」

「いい！　もういい……」

私にとって《影響力の大きい人》と言いかけたところで、殿下の大きな声に遮られる。その声に驚いたように思わず目を見開くが、殿下自身も自分の声に驚いたのだろう。口元に手を当てて、信じられない、と言わんばかりに驚愕の表情を浮かべている。

「で、殿下？」

「すまない。……だがこれ以上、君の口からあの男のことを聞いていられない」

「え？」

あの男？　神官様のことだろうか？

「あの、殿下？　何か誤解を……」

「君にとって、彼が重要な人物であることは分かった。だが、今は私の婚約者だ」

「えぇ、もちろん」

なぜ今、婚約の話が出るのか。そして、何が殿下をここまで苛立たせているのか。それが私には分からず、ただ混乱するばかり。だが当の殿下は、悲痛な表情で私へと視線を向ける。

「どうか、私を見てくれないだろうか。確かに以前の私は、君を知ろうともせずに、貴族女性という枠に嵌《は》め込んだ、ただの愚か者だ」

「愚か者など……殿下をそのように思ったことはありませんわ。私だって、殿下を上辺でしか見ていませんでした。それに、平民や魔力が少ない者を視界にも入れようとしていなかった。愚かというのであれば……私です」

「だが、君は変わった。私が君にふさわしくないことも分かっている。君が望むものを与えられないことも」

「そんな……私の方がふさわしくないのです！」

殿下は視線をテーブルへと固定し、その表情を窺い見ることは叶わない。だがいつもの自信がみなぎった姿とは違い、弱々しい雰囲気が滲み出る。

ふさわしくない、などと……。私こそ王太子妃という立場には不似合いだ。彼が望む国作りにおいて、私はきっと足を引っ張るだけだろう。

「すまない。ラシェルと教会の様子をロジェに聞いた。君は王都にいる時に比べて、伸び伸びと自由に、そして明るくなったと」

確かに、夕食までの間に殿下とロジェが並んで歩く姿が見えた。その時のことだろう。

でも、そうか。ロジェにも私は、ここでの暮らしが楽しそうに見えていたのか。

「確かに……そうかもしれません」

王都にいた時は自分で歩くこともままならなかった。だが、今ここでは街の人ごみを、海辺を、野原を一人で歩くことができるのだ。もうできないと諦めていたことができる喜び。誰かに必要とされる喜びを実感している。

「それなのに、私はまだ君を王都に、王太子の妃という窮屈な椅子に座らせたいと願っている」

「殿下……」

その言葉にドキッとした。殿下はいまだに私を、婚約者として望んでいるのだ。

はっきりと聞いたことのなかった言葉に、私の鼓動がどんどん早まっていくのを感じる。

気持ち……私の気持ちを言わなければ。そうは思うのだけど、いざ口を開こうと思っても言葉にならない。私は殿下に何を伝えようと思っているのか。それが分からないからだ。

戸惑う私をよそに、殿下は眉間に皺を寄せて目を数秒瞑ると、席から立ち上がる。そして、心底申しわけなさそうに「すまない。今日はもう失礼するよ」と私に伝えた。

「これ以上いると、君を傷つけかねない。また、明日……ここを発つ前に来る」

見送りを、と立ち上がろうとする私を「ここで大丈夫だ」と制す。殿下は私に向かって自分の手を伸ばす。だがその手は私に届くことはなく、私の頭上で止まった手を殿下は黙ってジッと苦しそうに見つめる。そして、固くギュッと拳を握り込むと、元の場所へと戻した。

「……分かりました」

このまま殿下を帰らせてもいいのだろうか、とも考える。だが、今の私が何と言えばいいのか分からない。そのため、了承の言葉を伝えると、殿下は顔を俯かせたまま振り返らずに足早に出て行った。

残された私は、殿下が去るのをただ見送るしかなかった。だがその後も、苦しそうな殿下の顔が頭を離れなかった。なぜ、彼はあんなにも苛立った様子を見せ、辛そうに顔を歪めていたのか。何度も何度も思い返したが、その答えは出てくることなく、時間だけが過ぎ去った。


そして翌朝、殿下は昨日の発言通り、領主館へと立ち寄った。昨日の苛立った様子はすっかり消えて、今はどちらかというと無理やり微笑みを浮かべているように見える。

そして、私たちの間の空気もどこかぎこちない。殿下と顔は向き合いながらも、視線が合うことはない。どちらもが、何を言うべきかと思案しているようで沈黙が続いた。

その沈黙を破ったのは殿下であった。

「ラシェル、昨日は感情的になってすまなかった」

「いえ、私の方こそ、殿下に不快な思いをさせてしまったようで申しわけありません」

確かにあんなにも苛立った様子を見せる殿下は初めてだった。いつもどんな時でも冷静で微笑みを絶やさない殿下が大きい声を出すなど、今思い出しても信じられないぐらいだ。

だが、その原因はきっと私にあったのだろう。殿下がそうまでして感情を揺らす何かが。

昨夜眠れぬまま過ごす間、殿下のことをずっと考えていた。最近の殿下からは、私を見る時に甘く愛しさを滲ませる眼差しを感じさせる。

もしかしたら、殿下は私のことを少なからず想ってくれているのではないか。そう考えると、昨日のなぜか神官様を気にしていた様子も自然ではないだろうか。

もちろん、自惚《うぬぼ》れがすぎている可能性も高いことは承知の上だ。だが、それが事実だとしたら。私はどうだろう。

一度恋心を消した私は、殿下との将来を考えないようにしてきた。だが、最近は殿下に心を揺らされることが多い。それでも、封じた恋心の蓋を開ける勇気が私にはまだない。

何しろ、聖女のこともある。歩み寄ってくれている殿下に、それを返すことが、今の自信のない私にはできない。また、あの殿下と聖女が仲良くする姿を見て、嫉妬せずにいられるだろうか。

前回と違って、殿下自身の魅力を感じ始めているからこそ、大丈夫だと自信を持って言えない自分がいる。

「いや、全ては私が不甲斐ないせいだ。少し自分の感情を整理しなければいけないな。よければ……ドナシアン領の帰りにまた立ち寄ってもよいだろうか」

心配そうに私を見つめる殿下に、私は微笑んで頷いた。

「ええ、もちろんです」

「よかった」

「あの、殿下。私の勘違いならいいのですが、何か誤解されていることがあるかもしれないと思いまして。昨日は言葉にできなかったことを色々思い直して手紙にしました」

「私に？」

「はい。手が空いた時にでもお読みいただけると嬉しいです」

「あぁ、必ず読もう」

殿下は私の瞳をまっすぐに見ると、しっかりと頷いて手紙を大事そうに受け取り、胸ポケットに仕舞い込み、毛並みのよい黒馬に乗り、シリルや護衛と共に颯爽と去っていった。

◆◇◆◇◆

殿下がドナシアン領へと発ってから3日が経った。だが、殿下からはその後知らせはない。

殿下はどうされているだろうか。手紙は読んでくれただろうか。いや、もしかしたら見当違いのことを書いてしまったのかもしれない。

このところ、気付くと殿下のことを考えている気がする。今も教会で子供たちに読んでいた絵本を整理しながら、また考え込んで手が止まっていたらしい。

「どうされたのですか？」

「え？」

「先ほどからボーッとしていますからね。ため息も何度も」

「あっ、すみません」

急に後ろから声がしてハッとする。先ほどまで私の周りを囲んでいた子供たちは誰一人としていなくなっており、今この部屋には私と声をかけた神官様しかいない。

いつの間に子供たちはいなくなっていたのかしら。全く気付かないなんて、私は一体何をしているのだろう。

そんな風にどこか落ち込む私を、神官様は心配そうに見つめた。

「ありがとうございます。でも、これは私が向き合わなければいけないことなので」

「やはり、ラシェル様はまっすぐな方ですね」

神官様は私の答えに目を細めると、どこか眩しそうな視線で笑みを深めた。

「いえ……」

「あなたといると、私まで強くなれそうな気がしてきます」

「神官様はいつだって誰かのことを考えられる、とても素敵な人ですよ」

絵本を全て片付け終わると、しゃがみ込んでいた私は立ち上がり、まっすぐ背を伸ばす。神官様は私のその様子を見ると、「少し話をしませんか」と、私に近くの椅子に座るように勧めた。何も考えずに、そのまま勧められた椅子に腰かけると、神官様も近くの椅子へと座る。

しばらくの沈黙の後、神官様がゆっくりと口を開く。

「一つ、叶わない夢を語ってもいいですか？」

「夢……ですか？」

「はい。私は、子供の時から出来の悪い子供でした。兄たちは魔力が強く神官としても見込まれていて、将来は大教会に勤めることになると思います。ですが、私は違います。神官の家系に生まれたのに、魔力も大して強いわけでもなく、辛うじて精霊が見えるレベルでしかない。ですから、幼い時から私は、全て親や兄の言う通りに進みました。前に話した神官の道を選んだのもそうです。実際、自分で何かを選んだことなんてありません」

穏やかな顔をしながら淡々と話す神官様は、どこか諦めにも似た自嘲の笑みを浮かべている。先日、確かに家族は皆神官をしていると言っていた。だが、周りを優秀な者に囲まれた環境というのは、とても生きづらいだろうと、容易に想像がつく。

「将来は出世を見込めないだろうから、田舎の教会を転々とし、細々と暮らせ。兄たちに協力を求められたら、何でもやりなさい。愚鈍なお前にはそれくらいしかできないのだから」

「え……」

「親の口癖です。うちの親は、優秀な兄２人に期待しているのです。彼らにとって期待外れの私は、兄の邪魔さえしなければどうでもいい存在です」

「そんな……」

こんなに穏やかで優しい人なのだから、とても温かい優しい家族に囲まれていると思っていた。それが……神官様の語る家族は、温もりを全く感じさせない冷え冷えとしたものだ。

しかも、そんな冷たい言葉を親にかけられ続けたなんて。幼い神官様のことを想うと、胸が締め付けられるように苦しくなる。

「でも、それでもいいと思っていました。実際に神官として地方の教会へ来てみると、思っていたよりずっと穏やかな日々が待っていましたから。ここは煩わしい声も聞こえないし、子供たちと過ごす日々は笑いが絶えない」

「えぇ」

「こうやって一生を過ごすのも悪くない。そう思っていた……そんな時、あなたが現れた」

「私？」

神官様はわたしの瞳をジッと見つめた。その眼差しはいつもの穏やかさと違い、とても力強いもので、私は身動きがとれなかった。

「あなたと一緒にいると……こんな未来がずっと続けばいいのにと、初めてそう思ってしまったのです。もちろん、王太子殿下の婚約者だと知っています。でも、初めてこの日々を壊したくないと感じてしまったのです」

「あの……」

「……実は、知っています。王太子殿下とあなたの婚約は、今のままでは難しいと」

「なぜそれを？」

「私の家は教会内でも中核にいるのです。ですから、情報は沢山入ってくるのですよ。あなたの事情だって、割と理解しているつもりです。もちろん、黒猫のことも……」

黒猫、クロのこと……まさか！

神官様の口からクロの話題が出るなど思いもよらぬことに、極限まで目を見開く。だがすぐに気を取り直し、神官様へ厳しい視線を向ける。

「大丈夫です。そんなに警戒しなくても、精霊には手を出しません。ですから、あなたさえ良ければ、私と共にある未来を考えてくれませんか」

神官様は何を言っているのだろう。なぜ数人しか知らぬはずのクロのことを知っているのだろう。

ギュッと握りしめた手が僅かに震える。鏡を見なくても、私の顔は蒼くなっているだろうと容易に想像がつく。

神官様がいつから知っていたのか。どこまで知っているのか。どこまで彼の言葉を信用していいのか。疑問は山のように湧いてくる。

だが私は、先ほどの神官様の言葉に頷くわけにはいかない。

「申しわけありません。この婚約がどうなるかは、確かに分かりません。ですが、私は今、王太子殿下の婚約者として、あなたの申し出をお受けすることはできません」

「そうですか……残念です」

神官様は、その答えを予想していたかのように、言葉とは裏腹に残念そうには見えなかった。

それどころか、さらに優し気な笑みを浮かべた。

「では、仕方ありません。今から駆け落ちしましょうか」

——え……。駆け落ち？　神官様は何を言っているのだろう。

考えようとすると、徐々に頭がグラグラと揺れる感覚がした。

その時、甘い香りが鼻を掠《かす》める。その香りに一つの疑惑が頭を過《よぎ》る。気付かぬうちに、何か焚かれていたのではないか、という疑念。

口を開き言葉を発しようとするが、その疑念が正解であると告げるかのように、痺れた口は上手く動かない。ただ重い口をパクパクと動かすだけで、声は届かない。

何を……。

思わず神官様を睨みつけると、神官様は困ったように微笑んだ。

「大丈夫ですよ。ただの眠り香です。あなたのことは私が守りますから安心してください」

いつものように優しく穏やかに笑う神官様を睨みながら、私の意識は途絶えた。

◆◇◆◇◆

「シリル！　今すぐラシェルのところに行く準備をするぞ」

学園であの言葉を聞いた時、私が思わず、仕えるべき王太子殿下の頭を叩かなかったこと。それをぜひ、誰か褒めてほしい。

私を目下悩ませている問題は、数日前から始まった。あれは、ラシェル嬢が王都を離れて2カ月という頃だったか。生徒会室にいたはずの殿下が、なぜか急に顔面蒼白で「シリル！　どこだ！」と私を学園中探し回っていたと聞いた時からだ。

昔から子供らしくない子供だった殿下なので、こんなに慌てた姿を見るのは初めてではないか。ましてや、人前でこのように取り乱す姿など、かつて見たことがあっただろうか。

「どうされたのですか？」

「今すぐラシェルのいるマルセル領に行く。準備をしろ」

は？　誰だ、こいつ。

思わず真顔になり、不敬な考えが頭に浮かぶ。だが、口に出していないからセーフだろう。

それでも、呆れた目で殿下を見てしまうのは致し方ないと思ってほしい。

というか、今からマルセル領？　殿下は何を寝言を言っているんだ。学園もあるし、仕事だって山積みだ。こんな状態で王都を離れるなんて、無理を言うにもほどがある。

「無理です」

「無理でも何でも行く！」

「あなたは……一体どうしたというのですか」

深くため息をつく私を、殿下は全く気にも留めていないようだ。ボソボソと小さい声で何か呟いている。だがその声は私には届かず、殿下の様子を注意深く観察する。

「ラシェルの運命の出会いを止めなくては……」

「は？」

運命の出会い？　何だそれ。

今までも、優秀であるがゆえに殿下の発言の意図が読めなかったことはある。だが、断言してもいい。これは絶対に違う案件だ。

殿下にとっては、かつてない重大事件のようだ。だが私にとっては、相当くだらない用件に付き合わされようとしている……気がする。

よく分からないが、その後の展開は嵐のようであった。殿下は、すぐさま王宮の執務室へと向かうと、急務の仕事を怒涛の勢いで片付けていった。

わけも分からぬまま、私は書類整理をさせられ、使いっ走りをさせられ、食事をとらない殿下の口にパンを押し込んだ。

そんなことを4日も続けた後だろうか。

「見つけた……」

一つの書類を手に妖しく笑う殿下の顔には、かつて天使ともてはやされた影は微塵もない。その姿はまさに、生贄《いけにえ》を目の前にうっそりと笑う魔王のようであった。

「な、何を……」

「シリル、ドナシアン男爵と夫人が最近、羽振りがよいのを知っているか」

「はい、まぁ」

「どうやら、現地で調べなければいけないようだな」

は？　殿下が何を言いたいのかを理解するのに時間を要し、殿下の手元を覗き込む。すると、殿下が手に持つ紙は、どうやらドナシアン男爵から提出された書類のようだ。

だが、不備があるようには……。いや、見落としそうになるが、領の収入に違和感がある。その違和感がどこから来るものなのか。書類を上から下まで注意深く確認する。

すると、農作物は例年より不況である記載があった。だがドナシアン男爵は羽振りがよい。

これが指し示す意味は……。

殿下の言う通り、確かにドナシアン男爵には何かありそうだ。そう私が納得していると、それを黙って見ていた殿下がニヤリと不敵に笑う。

「ドナシアン領に向かうのは極秘調査だ。男爵に証拠を片付けられる前に、すぐに行かなければいけないな。……そうか。ドナシアン領に行くには、マルセル領を通らなければいけないのか」

さも、今気付いたかのように言う殿下。

マルセル領だと。殿下は顎に手を当て、わざとらしく思案する表情を見せる。仮眠しかとっていない今の殿下の目は完全に座っている。だが、本人はいつも通りの微笑みを浮かべていると思っているだろう。

私に言わせれば、その姿は何かを企む悪人にしか見えない。

「さぁ、シリル。明日には出発だ。私は陛下にこのことを伝えてくる。お前は護衛の準備と旅支度を。……あぁ、マルセル領主館への連絡も必ずしろ。絶対に忘れないように」

ドナシアン男爵も可哀想《かわいそう》に。マルセル領に行きたいがための理由付けにされるとは。思いもよらないであろうし、今後も男爵が知ることはないだろう。

いや、結局この殿下は、そのうち悪事を見つけていただろう。時期が幾分……いや、相当早まっただけか。

そうこうバタバタしているうちに、急いでいるからと馬車ではなく馬を使い、休憩もギリギリしか取らずに進む。騎士たちも、殿下の鬼気迫る様子に、自然と重大な極秘任務に同行しているようだと緊張感が覆う。

ドナシアン男爵は、悪事がこんなにすぐバレるなんて思いもしないだろうから……そこまで慌てる必要なんて全くないがな。

とても言えない。この人、婚約者に会いたいだけですよ……なんて。うん、言えない。だから、心の中で言っとこう。

《この人、私用のついでに仕事しに行くつもりですから̶》

……まぁ、さっきよりも幾分スッキリした気もしないでもない。この殿下に付き合わされている限り、無茶を言われることにもずいぶん慣れてきた。いや、慣れたくはないが。

それにしても……殿下に変な話を吹き込んだであろうテオドール様。あなたのことを本当に恨みます。本人にはとても言えないから、これも心の中で恨み節を呟く。

そしてマルセル領に近づくにつれ、殿下の表情が曇るようになってきた。自信満々に王城を出たというのに、マルセル領に入った頃には、眉間に皺を寄せて黙ったままだ。

なんといっても屋敷前で神官が出てきたのを見た時。あの絶望に染まったような唖然とした表情。殿下とは乳兄弟として生まれた時からずっと側にいたが、あのような顔は初めて見た。サリム地区で貧民街を目の当たりにした時でさえ、無力感の中で瞳だけは燃えたぎるように生きていたのに。

あの神官には、殿下に絶望を与える何かがあるのだろうか。今は知り得ることは少ない。だが、十中八九、ラシェル嬢に関係することだろう。

殿下はラシェル嬢にこれから会う。それで機嫌が戻るか、悪くなるかは分からない。だが、今日はどの道、使い物にはならないだろう。

――仕方ない。私があの神官を調べるとするか。

私はドナシアン領に着いた後、宿に届けられた報告書を眺めていた。それは、各地にいる私の情報筋の一人から届けられたものである。

あの神官……名はアロイス・ワトー。父は大神官の補佐、兄2人も王都の有力な聖教会に勤めている。そして、祖父が前大神官である、と。

ふむ。ずいぶんと大物のようだ。だが、なぜ彼のように優秀な神官ばかりを出しているワトー家の者が、侯爵領とはいえ、王都ではなくこんな地方に。

殿下はあの日ラシェル嬢と会った後、やはり使い物にならなかった。部屋に籠ったきり出てこず、翌日になんとかラシェル嬢に会った後も馬に乗りながら暗い顔ばかりしていた。

一度、「私は嫌われたと思うか?」などと深刻な顔をして聞いてきたので、「そうですね」と言ってみた。すると、肩を落として「そうか」と言ったきり黙り込んでしまった。

いや、そもそもあなたとラシェル嬢が何を話したか知りませんから。少し考えれば分かりそうなものなのに。ていうか、嫌われるようなことをしたのかよ。

このままずっとウジウジされているのも面倒臭いと思っていたが、ドナシアン領に着くと、いつもの殿下に戻っていた。あっという間に不正の証拠を見つけ出し、苛立ちをぶつけるかのようにドナシアン領主館へと乗り込んでいった。

男爵たちは王都にいるため、ドナシアン領には代理人しかいない。だが、笑顔で相手を追い詰めるさまは、さすがとしか言いようがない。

これでこそ殿下だ。そう私が感心したのも束の間、宿に戻った殿下はまた意気消沈している。そして、何か気付いたかのように、胸ポケットから手紙を取り出した。

あっ、あれはラシェル嬢からもらったものだな。マルセル領を出てから何度も眺めていた手紙。封を開けていないところを見ると、勇気が出なくて開けられないのだな。

しれっと、テーブルの上に置いてあったペーパーナイフを殿下に渡してみる。すると、殿下は反射的に受け取った。……さぁ、開けるのか。

あっ、開けた。

殿下の目線は、手紙の文字を追って何度も左右に動いている。何枚かの手紙を読み込み、さらにまた1枚目へと戻って読み込む。

読みすぎだろう。いや、でも何度も読むうちに、殿下の顔色がみるみるよくなっている。頬は紅潮し、口元は酷く緩んでいる。

何が書いてあるんだ？　脇に存在感ゼロで静かに立っていたが、気になってそろりと殿下の方へと近づいてみた。

すると、殿下はすぐに射抜くような鋭い目線を私に向け、「見るな！」と手紙を封に戻して大事そうに胸ポケットへと仕舞い込んだ。

チッ、駄目か。

「シリル、ここのドナシアン領の用事は明日には片付くか」

「えぇ、後は王都に戻ってから男爵を尋問すればいいでしょう」

「そうか。だったら、お前は先に王都に戻って、男爵の尋問をしておいてくれ」

「……あなたは？」

「マルセル領に数日滞在しようかと……」

「駄目に決まっているでしょう！」

私の言葉に殿下は不貞腐《ふてくさ》れた表情をする。まさか、あの殿下がこんな顔をするとは。

「こんなに頑張った私を労《ねぎら》おうとは思わないのか」

「だったら私を労《いたわ》ってください。あなたの我儘《わがまま》に振り回される私を」

「うっ……」

ほら、心当たりがありすぎだろう。

「だいたい……」と私がさらに小言を言おうとすると、ノックの音が聞こえる。

「ロジェです。殿下、急ぎ伝えたいことが」

ドアの向こうから、緊迫したロジェの声が聞こえた。だが、ラシェル嬢の側にいるべきロジェがなぜここに。思わず殿下と顔を見合わせる。

確かにマルセル領からここまで馬を走らせれば、半日もかからずに着く。だとしても、なぜ殿下から護衛を任されているラシェル嬢から離れたのか。

殿下も何かを感じたのか、一気に顔付きが鋭いものへと変わる。

「入れ」

殿下の重々しい声の後、入室したロジェの顔を見て驚く。ロジェは眉間に皺を寄せ、その顔を酷く歪めている。殿下の前だというのに身なりを整えた様子がないことから、ここに着いてまっすぐに来たのだとわかる。

かなり切迫した様子に、私も殿下も息を飲む。そして、殿下の冷え冷えとした視線を受けながら、ロジェは膝をつくと、頭が床についてしまうのではないかと思うほどに低頭の姿勢で口を開く。

「ラシェル様が……連れ去られたようです」

◆◇◆◇◆

ラシェルが連れ去られた、だと。

ロジェの言葉を聞いた瞬間、頭から氷水を浴びせられた気がした。自分の体が一気に冷えるのを感じる。

私が一気に放った殺気に、ロジェは固い表情をさらに強張らせた。だが、それに構ってやる余裕も優しさもない。こちらを窺い見るシリルの表情も緊迫している。

「どういうことだ」

私が問いただすと、ロジェは己の失態を悔やむように眉間に皺を寄せた。

「はっ。本日、教会を訪問しておりました。ですが、ラシェル様と……」

「何だ」

「その、神官様が書き置きをして、いなくなっておりました」

神官、だと。今はその名称を聞くことさえ眉を寄せるほど嫌だと言うのに。なぜ、その神官とラシェルが共にいなくなるのだ。

「書き置きだと……」

「これにございます」

ロジェは頭を下げたまま、1枚の紙を私の目の前に差し出す。

《愛のために全てを捨てることをお許しください》

「駆け落ち……ですかね」

後ろから私の手元を覗いたシリルがボソリと小さく呟く。

駆け落ち？　いや、そんなはずはない。

私は思わず、ラシェルからの手紙が入っている胸ポケットを服の上から触る。そこには確かに、神官との関係を否定する言葉が書かれていた。

それが嘘だというのか。いや、そうは思えない。もちろん、自分の希望的観測である可能性はゼロではない。

だが、ドナシアン領からの帰りにマルセル領に寄ると言った時、あんなに優しい顔で了承してくれていたではないか。

それに、手紙には《次にお会いした時、殿下にお話ししたいことがあります》と書かれていた。そのラシェルが駆け落ちだと？

「それは考えられない」

「まぁ、でしょうね」

「となると……あの神官か」

私の呟くような言葉に、傍で控えていたシリルも頷いた。そもそも、この書き置きの手紙はラシェルの字ではない。ということは、きっとこれは神官の書いた文字だ。

全く、何が愛だ。軽々しくそんな言葉を書き連ねやがって、反吐《へど》が出る。

あの日、遠目にチラッとしか見てはいないが、その姿は鮮明に思い出すことができる。あの神官が、ラシェルを。そう考えると頭に血が上る。

何度も、冷静になれ、と考える。だが、どうしても苛立ちが隠せない。

「お前は何をしていた、ロジェ」

「申しわけ……ありません」

「謝れと言っているのではない。何をしていた、と聞いているんだ」

「ラシェル様のいた部屋の前で控えておりました。そこに、孤児院の子供が来て……その、クッキーを作ったと。それを食べたことは覚えています。ですが……その後は記憶が。気付いた時には数時間経っており、教会のソファーに寝かされていました」

「薬を盛られたか」

あの神官は大方、ロジェが孤児院育ちだと知っていたのだろう。そして、幼い子供を大切にしていることも。

その優しさを利用したか。子供から食べてくれと言われて、ロジェは目の前で食べてみせたのだろう。そして、眠っているうちにラシェルは連れ去られたと。

「どんな処分でも受け入れる所存です」

己の行動を悔いるように低頭を続けるロジェを叱責するのは簡単だ。そうしてしまいたい。だが、それでラシェルが帰ってくるわけではない。

「お前の処分はあとだ。今はラシェルを見つけることだけを考えろ」

「はっ」

自分が考えるよりも、己の口から発せられた声は低く冷たいものであった。だが、それまで下を向いていたロジェは顔を上げ、暗く沈んだ瞳に光が現れる。

私のその声に、シリルとロジェが動き始めた。

――神官、覚えていろ。私からラシェルを奪うことなど許さない。必ずお前に地獄を見せてやろう。

そう心の中で誓い、自分に刻み込む。そして、シリルがサッと差し出した外套を羽織り、立ち止まることなく私は前だけを見据えて進んだ。

マルセル領の教会に着く頃には、辺りは真っ暗な闇に包まれていた。シスターが言うには、突然神官とラシェルがいなくなったことで、教会内は混乱に包まれたそうだ。

だが、シスターとラシェルの侍女が子供たちを宥め、私たちが訪問した時は、ちょうど泣き喚く子供たちを寝かしつけ、一息ついていた頃だそうだ。

シスターたちも侍女も、２人がどこに行ったのかは知らないと口々に言った。皆、２人がどこかに移動する姿も見てはいないそうだ。だが、ロジェに関しては神官が「疲れて眠ってしまったようなので、休ませてあげてください」とシスターに伝えていたそうだ。

護衛中に眠るなどあるのだろうか、とシスターも疑問には感じたそうだが、信頼の厚い神官の言うことだ。そういうこともあると納得してしまったのだろう。

昼すぎになっても現れない神官とラシェルを不審に思ったシスターが２人を探し始めたところ、この書き置きを見つけた。

皆の話を要約すると、そういうことだそうだ。

その後、神官の部屋に通された私たちは、手がかりを探して部屋中を調べていた。

執務机の上にあるのは教会関連の雑務についての書類ばかりだ。あとは、ここの孤児関連。

孤児たちの就職先や親族とのやり取りなどだ。大したものは見つからない。

思わず拳を握りしめて、机の上を叩くと、ドンッと鈍い音が部屋に響き渡る。刻一刻と時は過ぎる。モタモタしている暇はないんだ。

気持ちとは裏腹に、焦りだけが募ってくる。

その時、カタン、という音に思わず後ろを振り向く。

「殿下、これを見てください」

「何だ」

奥の棚を調べていたシリルが何かを見つけたようだ。

「この引き出し、二重になっています。下にも棚があるようですね」

「開けてみろ」

シリルが棚の上部を外すと、中から大量の手紙が出てくる。

「これは……」

「差出人はイレール・ワトー……レイモン・ワトー……親族か」

「イレールは父で、レイモンが上の兄です」

「よく知っているな」

「ええ、私はとてもできる部下ですからね」

まず一通一通の差出人を確認していると、シリルが神官との関係性をずばりと当てた。いつの間にそんなことを調べていたんだ。

……全く、これだからこいつは手放せない。いつも見事に、私の手が届かないところを補佐してくれる。それがシリルという男だ。

だが、今は感心している暇はない。

「それで、全て中身を確認しますか」

「あぁ、頼めるか」

「はい」

シリルに手紙を確認してもらう間に、私はほかの手がかりを探す。特に今、何より優先したい情報、ラシェルがどこにいるのか。

シスターたちは、神官がいつ出て行ったのか気付かなかったと言っていた。それが虚偽でなければ、神官がここから移動する手段として、目立った行動は取っていないだろう。

ということは、そう遠くまでは行っていないかもしれない。だが、場所の特定ができない。

何しろマルセル領は王都と違って、自分の知らないところがあまりに多い。身を隠す場所も手段も全く情報がない。

こうしている間にも、ラシェルは怖い思いをしているかもしれないというのに。早く無事を確かめたい。早く、早く……。どうにかして見つけ出さねば。……何か手がかりを。焦りから、いまだ確認していない本棚や引き出しを手当たり次第手につける。本が辺りに散らばり、書類は散乱している。

でも、そんなこと構うものか。すぐにでもラシェルを見つけて助け出さなければ。

その時、この部屋の空気感に似合わぬ、緊迫感のない声が背後から聞こえてきた。

「うわー、何これ。えっ、ルイって物盗りに仕事を変えたわけ？」

この場にいないはずの人物の声に、思わずビクッと肩が上がる。そして勢いよく振り返る。

「テオドール……なぜ、ここに」

なぜかクロを抱き抱えたテオドールが立っていた。

「まぁ、いい。今はそれどころじゃない」

また転移の術でも使ったのだろう。だが、今そのことに構っている暇などない。

「この散らかりようは酷いな」なんて呑気に部屋を見渡すテオドールに、今は酷く苛立つ。

「急いでいるんだ！」

「いや、お前は俺の話を聞いた方がいいよ」

いつもと同じくニヤリと不敵に笑うテオドールが、今はとても煩わしく感じる。その苛立ちをぶつけるかのように声を荒げる。

だが、私の様子を気にする素振りもなく、テオドールはヒューとからかうように口笛を吹く。

「いい加減にしろ！」

「はいはい、ちょっと落ち着こうか。まずは冷静に情報を擦り合わせよう」

テオドールの言葉に、違和感がある。情報を擦り合わせる、と言ったか。その言葉に、血が上っていた頭がふっと急激に冷える気がする。

「何か知っているのか」

「あぁ。俺が調べていた辺境の事件」

「怪しい術の跡、か」

そういえば、この間、魔術師団に呼び出されたと言っていたな。ほかのことに頭がいっぱいで、すっかり忘れていた。だが、それとどう関係があるのか。

「あれ、解析を進めたらさ、なんと禁術でした」

「禁術」

《禁術》は、その名の通り、危険度が高く、使うことを禁じられている術である。人の行動を操ったり、記憶を操作したりというものが挙げられる。

使った者は危険人物として、問答無用で牢屋行きである。だが、禁術を操るのは普通は無理だ。よほど魔力が高くなければ。そう、このテオドールぐらいならば軽く操りそうだが。

思わず身震いしそうになり、首を左右に振る。駄目だ、考えるのはやめておこう。そもそも、王族は禁術がかからないよう幼い時に大神官から特殊な術をかけられているが。

だが、禁術……か。そんな術に手を染めるのだから、きっと魔力の相当強い者だろう。その術も、きっと術の上にさらに術をかけているはずだ。そうして違う術を使用したように見せかける。普通であれば、見破ることはできないだろう。

だが、術をかけた者が知らないのは、とんでもない常識外れな天才が存在しているという事実。魔術師団でもテオドールか団長辺りでなければ、見破るのは難しかっただろうな。

「で、何だと思う？」

「いいから早く言え」

「はいはい、あれね。通称、精霊殺し」

「は？」

「狙われているのは、たぶんこの子」

テオドールが抱いていたクロを少し上へ掲げる。クロは、テオドールの言葉に答えるかのように『ニャー』と鳴く。

「そして、ラシェル嬢のところに連れてってくれるのも、この子」

『ニャー』

ラシェルのところに連れていってくれる、だと。この黒猫……クロがどうやって。

疑問しか浮かばない中で、私はただじっとクロを見つめるしかなかった。

◆◇◆◇◆

目を覚ますと、見覚えのないベッドの上にいた。小さいベッドではあるが、シーツは洗いたての石鹸の香りがする清潔なものだ。

それにしても、ここはどこなのだろう。辺りを見渡すと、どうやら小さな家のようだ。部屋の中には小さなベッドが1つと、壁際にキッチン、テーブルに椅子が2脚。

耳をすましても、周囲からは何も音がしない。魔石のライトで家の中は明るいが、ベッド脇のカーテンの隙間からは太陽の光は入らない。

教会には朝から出かけていたはず。どれぐらい時間が過ぎたのかと不審に思い、少しカーテンを捲《めく》る。すると私の視界の先には暗闇が広がっていた。暗くて判断はつきにくいが、周囲には家があるようには見えず、木で囲まれているようだ。

それにしても、最後の記憶は……確か神官様と話をしていたところで終わっている。何か甘い香りがしたはず。だがそこから急に体が思うように動かなくなって……。あの時のことを思い出すと、急に体が震えてきて、思わず両手で腕をさする。

部屋の中にいるのは私だけ。この部屋の様子をざっと見ると、ほかに部屋があるとは考えにくい。つまり、今ここに神官様はいない。

とにかく探らなければ。ここがどこで、どうすれば逃げられるか。

ベッドからそろりと足を下ろす。そしてこの部屋に1つしかないドアへと足を進める。不安で胸が潰《つぶ》れそうになるが、気持ちを叱咤《しった》するように拳を握る。

——よし。

不安を押し込めて自分を鼓舞しながら、ドアノブに手をかけた、その時。

——ギィ。

開けようと手をかけただけで、ドアノブを私は回してはいない。恐る恐る視線を上げる。するとそこにはドアを開けた先に私がいたため、驚いたかのように目を見開く神官様が立っていた。

「キャア！」

急に現れた神官様に、つい口から叫び声が飛び出す。すぐに体を翻して、部屋の隅まで移動し、神官様との距離を取った。

だが神官様は「だいぶ怖がられちゃいましたね」と困った顔をしながら、気にする素振りもなく部屋の中へと入ってくる。

「大丈夫ですよ。私はあなたに危害を加えたりはしません。約束します」

「信じられません。ここに無理やり連れてきたではないですか」

「あー……そうでしたね。でも、大丈夫ですよ。私はあなたをどうこうしようとは思っていませんから」

神官様はいつもと同じ穏やかな笑みを浮かべると、部屋に備え付けられた小さなキッチンへと向かう。そして、手慣れた様子でお茶を淹れると、カップを2つ、テーブルに置いた。

「お茶でも飲みませんか？」

「結構です」

「うーん……何も入っていないですよ？」

神官様は小さなティーテーブルに座ると、お茶を一口飲む。そして、いまだ部屋の隅から動こうとしない私をチラッと一瞥《いちべつ》し首を傾げた。

首を傾げたいのは私の方なのですが……。

「……ここはどこですか」

「ここですか？　教会の近くの森の奥……ですかね。昨年までは、よく教会に来ていた老婦人が暮らしていたのですが、娘さんのところに行くとかで譲り受けたのです」

「なぜ……私をここに」

「言ったじゃないですか。あなたと過ごす未来がほしいと」

「未来？」

「えぇ、ここならば誰にも邪魔されることなく2人で暮らすことができますよ。少し小さいですがね。住みにくいようであれば、もっと大きなところに越しましょうか」

ニコニコと「庭に花壇がほしいですよね」なんて、さらに具体的に語る神官様を私は信じられない思いで見た。

本当だろうか。神官様は教会にいる時と、態度も表情も全く変わらない。だからこそ、違和感がある。

この状況で、こんな態度でいられるものだろうか。

「嘘、ですか？」

「なぜ？」

「あなたはあの教会を訪れる人を、子供たちを大切にしていたように思います。その人たちを裏切ってまで、私といる必要はないはずです」

「確かにあそこは、私が初めて居心地のよさを感じた場所です。ただそもそも、私にはあのような暮らしは難しかったのかもしれませんね」

「なぜです」

「勘違いしてしまいますからね」

勘違い……何を。神官様の顔は笑っているが、瞳は全く笑っていない。それどころか、どこか嫌悪感を滲ませている。

何を考えているのか全く分からない。教会は居心地がよいと言いながら、自分にはその暮らしが難しいと言う。

難しくさせる要因がある、ということなのか。それが彼自身にある……というよりも、自分の意思に反する何かをやらなければいけないというような口ぶりだ。

「そうそう先ほどの質問ですが、あなたといる必要がなぜあるか、でしたか。そうですね、愛に目覚めたから……では駄目ですか？」

「そのような責任感のないことを言う人だとは思えません。何か違う目的があるのではないですか？」

まっすぐに見据える私に、神官様は紫の瞳を細め、クツクツと可笑しそうに肩を揺らした。

「本当にあなたはすごいですね。そのまっすぐな瞳や、人柄に惹かれていることは嘘ではありません。本当にあなたと、このまま暮らしたいとさえ思っていますよ」

「では、目的はやはり私と駆け落ち……ではありませんよね？」

私が神官様の瞳から視線を逸らさずに言うと、神官様は「ほう」と小さく呟く。そして椅子から立ち上がると、ゆっくりと私の元へと歩み寄る。

徐々に近づく神官様から逃げようと、壁をつたってジリジリと移動する。その時ふと何かに気付いたように、神官様の視線が僅かに窓の外へ向けられた。

今だ！　神官様が視線を逸らした瞬間を逃すまいと、ドアの方へ逃げようと足を踏み出す。

——ドン
その瞬間、私の体を覆うかのように正面に立った神官様は、両手を私の顔のすぐ脇の壁に叩きつけるように置いた。

「なっ、何を！」

辛うじて体に触れはされていないが、あまりに距離が近く、恐怖を感じる。足がガクガクと震えるが、なんとか踏ん張って立っている状況だ。

「さすがですね。えぇ、目的はありますよ。ただ、残念ながら、その説明をする時間はないようです。どうやって調べたのか、思ったよりだいぶ早い到着でしたね」

神官様はその体勢のまま顔だけを動かすと、ドアへと鋭い視線を向ける。

その時、家が僅かに軋むような衝撃と共に、部屋のドアが蹴破られ、大きな音が耳をつんざく。思わずその音に固く目を瞑った。

続く数人分の足音に、何が起きたのかと目蓋を開ける。

「ラシェル！」

「あっ……殿下！」

あぁ、殿下だわ。考えなかったわけではない。でも来てくれるなんて、そんな都合のいいことが起こるわけないと、どこかで諦めていた。でも殿下は来てくれた。

「貴様！　何をしている！」

殿下はまっすぐに私の元へ駆け寄ると、神官様の頬を力一杯に殴る。その衝撃で神官様は近くの椅子にぶつかり床に倒れ込む。

そして殿下はすぐに私に怪我がないか顔や肩、指の先を確認するかのように触る。怪我がないと分かると、強く強く私を抱きしめた。

背中に回る腕が僅かに震えているように感じる。私の肩に押し付けるように置かれた殿下の顔から、ふぅっと安堵のようなため息が聞こえてきた。

殿下の顔を一目見ただけで、張りつめていた心が緩み、瞳から一粒の涙として出てしまった。

――暖かい。

殿下の腕の中は《大丈夫だ》と言っているような安心感をくれる。足の震えはまだ止まらない。だが先ほどまでの不安が一気に消えていくようだ。

殿下は顔を上げた後、私の顔を覗き込むように見つめる。涙に気付いたようで、はっと息を飲む様子が見て取れた。すぐに神官様へと視線を移し、かつて見たことがないほどの鬼の形相で睨みつけた。

「貴様、ラシェルに何をした！」

「見て分かりませんか？　恋人たちの逢瀬を邪魔する不届き者はあなたの方ですよ」

「何を！　人の婚約者に……」

「その婚約もいつまで続くのやら」

「くっ……」

神官様は唇の端が切れて、僅かに血が滲むのを指先で拭い、よろけながらも立ち上がると、馬鹿にするように鼻で笑う。その様子に殿下は、眉間に皺を寄せて不快感を露わにする。

2人が睨み合うなかで、この状況に合わない軽い声が部屋に響く。

「はいはい、ちょっと落ち着こうか。そこの神官もね」

テオドール様は神官様の顔を覗き込んで、ははっと笑うと「派手にやられたな」と呟いた。

その後ろでは、ロジェが私の姿を見て、安堵したかのように眉を下げるが、すぐにキリッとした表情で、神官様を警戒するように視線を厳しくする。

さらにシリルまでもが駆けつけていたようだ。蹴破られたドアを引きつった顔で眺めると、入り口付近でそのまま立って控えた。

「落ち着いてなどいられるか。こいつがラシェルを連れ去ったのだぞ。即刻、牢屋に入れてやるからな！」

「できるものならどうぞ」

睨み合う2人を宥めるように、テオドール様は間に立つと、殿下の肩をポンポンと叩く。

その時、場に似合わない、のんびりとした可愛らしい声が私の耳に届く。

『ニャー』

「クロ！　どうしてここに」

テオドール様の足元から鳴き声がし、視線を向けると、そこにはクロの姿が。名を呼ぶと、クロは私の足元に寄ってきた。緩んだ殿下の腕から体を離し、私はしゃがんでクロを抱き上げる。腕の中で大人しくしているクロの体に鼻を寄せると、お日様のポカポカとした暖かい香りが感じられる。

あぁ、なんて落ち着かせてくれるのかしら。変わらず愛らしいクロに、先ほどまで強張っていた頬が緩むのを感じた。

そんな私の様子を見たテオドール様は、口角を上げて優しく笑う。次いで殿下と神官様へ視線を動かすと、目を厳しく釣り上がらせた。

「ラシェル嬢が絡んでいるとはいえ、ルイはもう少し冷静になれ。それとそこの神官。君も無駄に煽るのはやめろ」

諌められた殿下は悔しそうに口を噤《つぐ》む。逆に神官様は気にする様子もなく、つまらなそうに殿下を眺めた。

「さっ、落ち着いたところで本題に入ろうか。まずは君がラシェル嬢を攫《さら》った目的でも教えてもらおうかな」

「……簡単に話すとでも？」

「話すよ、君は。だって、ここに俺たちを誘き寄せたのは君だからね」

「「は？」」

「え？」

テオドール様の言葉に、殿下とシリルの声が重なり合う。そして、ロジェもまた驚いたように目を見開いてテオドール様を見つめた。

「大体は把握しているよ。さぁ、君の計画を話してもらおうか」

私たちの驚きなど、テオドール様は一切気に留めずに、ただまっすぐに神官様だけを見ている。その顔にはいつも通り楽しそうな笑みを浮かべている。

「まずはラシェル嬢が攫われた件だね。それには君の父と兄が関係しているよね」

「……分かっているなら、早く私を捕まえたらいいじゃないですか」

「いや、君は彼らの指示には従わなかったのだろう？」

「いえ、私はワトー家の人間ですから、家族を裏切ることはしませんよ」

テオドール様は神官様の目の前に立つと、飄々としたいつもの様子を消して、真面目な顔つきになる。だが対する神官様は微笑みを消すことなく、テオドール様の厳しい視線を真正面から受け止めている。

「シリル、さっきの手紙をここに出せ」

「はい」

テオドール様が手を差し出すと、シリルが大量の手紙をテオドール様へと渡す。

何の手紙なのだろうか。隣にいる殿下に視線で問いかける。だが、殿下は曖昧《あいまい》な苦笑いを浮かべるだけだ。

つまりは、テオドール様の好きなようにやらせるということだろう。急に仕事モードに変わったテオドール様は、からかうような表情をすっかり消し、僅かに口角を上げるのみで瞳は冷え冷えとしている。その精巧な人形のような顔つきと相まって近寄り難さを感じる。

「この証拠をわざわざ俺たちが見つけるように、ラシェル嬢を攫ったんでしょ」

「証拠、とは何のことでしょう。それはただの家族からの手紙ですよ」

「シリル、この手紙には何が書かれていた」

「まず闇の精霊を消す必要があると。精霊殺しの術は成功しそうだ。そしてあなたに、ラシェル嬢が領地へ帰ったら上手く接触するように。それと、闇の精霊を見つけたらすぐに伝えるように……こんなところです」

――精霊殺しですって！

その言葉に顔が一気に青ざめるのを感じ、自然とクロを抱く手に力が入る。だが……聞いたことはある。《精霊殺し》は禁術のはずだ。

私の異変に気付いた殿下が、安心させるかのように私の肩を抱いた。殿下の顔を見上げると、困ったように小さくため息をつき、私に説明するように口を開く。

「つまり教会の一部の人間は、闇の精霊に強い嫌悪感を持っているのだ。彼らは光の精霊王が信仰の対象だ。光と闇は言葉通り対極の存在。光は善、闇は悪としたのだと思う。そして教会内の一部には、闇の精霊など存在してはいけないという考えもあるのだろう」

「そんな……」

「それが前大神官を含め、優秀な神官を多々輩出している歴史のある神官家系であれば、なおさら、そういった考えを持っている可能性を考えなければいけなかった」

「前大神官……ですか」

「そいつの祖父は前大神官だ」

殿下から知らされる神官様の情報に、目を大きく見開く。神官家系だとは聞いていたが、まさか、そこまで力を持つ家の出身だとは思いもしなかった。

だから、前に神官様は、教会内で中核にいる家柄だと言っていたのか。そうであれば、クロの存在を知っていることも、殿下との婚約が現段階で難しいと知っていることも頷ける。

「このような結果を予想できずにすまなかった」と殿下は自分の過ちを悔いるように眉を寄せ、視線を床へと移す。

闇の精霊の扱いをどうするかは、教会内でも悩ましい問題であるとは知っていた。だがクロと一緒にいる私には、クロが害のある存在だなんて考えられなかった。

しかし、クロを実際に見たことがない人はどうであろうか。闇の精霊とだけ知った人は、確かに危険視するかもしれない。光の精霊に傾倒している者であればなおさら。

今となっては、なぜ考えつかなかったのだろうと悔やむ気持ちもある。だとしても、精霊を消そうとするなどしてはならない。

この国の人間は、精霊によって守られ生きているのだから。それを勝手な信念で亡きものにし、捻《ね》じ曲げようとするなんて。……許せない。

「私がもっとラシェルの周りを気にかけていれば……」

「いえ、殿下は気にかけてくださいました。私がもっと、ことの重大性を理解していなければならなかったのです」

私が闇の精霊と契約したと知った時、父も教会をとても気にかけていたではないか。教会という組織を、その歴史を、もっと配慮しなければいけなかったのだ。

「殿下、私は自分のことばかりです。領地に来て視野が広がったと思っていました。……でも結局、殿下やテオドール様たちに頼ってばかりで」

「それでいいんだ。自分にできない部分は、側にいる誰かに補ってもらえばいい。逆に相手のできないことを自分がすればいいだけだ。一人で全てを抱える必要はない」

殿下の言葉にハッとする。

補う？　そうか、そういう考え方もあるのか。自分が何かをやることばかりを考えていた。でもそうか。頼るのは悪いことではない……できない部分を補ってもらうのだ。

殿下の温かい微笑みに、また胸が熱くなるのを感じた。

「つまりは」テオドール様の冷静な声に、ふと現実に戻される。

「君の父と兄は、そこの黒猫ちゃんをどうにか消そうと考えた。そしてラシェル嬢が領地に行ったことを知る。その場所は、ちょうど君が赴任している教会があるところだ。家族に頼まれた君は、ラシェル嬢の元に黒猫ちゃんがいるかを確認するために親しくなった……ということかな」

「その通りです。私は父と兄に頼まれてあなたに近づいた。とはいえ、ミーナの件は偶然でしたが、上手いことといったと思いましたよ」

テオドール様の言葉に、神官様は私へと視線を向ける。その瞳はどこか悲しげに揺れていて、今まで教会で過ごした日々を一気に思い出し、胸が苦しくなる。

すると、殿下が私の目を手で隠す。何だろう、と不思議に思っていると、「あまりあいつを見るな」と不機嫌そうな声が頭上から聞こえてきた。

「でもさ、魔術師団に《辺境の地に怪しげな術の跡がある》と匿名で告げたのは君でしょ」

「なぜ……」

「その方が自然だよ。君の兄はここ数週間、各地の教会を回っている。そんな時に魔術師団にこの情報が来た。誰か近しい者がリークしたと思うよ。術の解析ができれば、自然と黒猫ちゃんはラシェル嬢の関係者が注意して守るだろう、と。しかも、ご丁寧に教会に証拠を残してある」

テオドール様の言葉に、殿下が深く考え込むように何か呟く。すぐにハッと視線を神官様へ向け、信じられないものを見るような目で見た。

「お前の話と行動は矛盾している。……家族の罪を共に背負うと言うのか」

「いえ、確かに私は罪を犯していますからね。結果的に」

「お前は家族の行動を表立って止めはしなかった。だが、私やテオドールたちに気付かせるように動いた……ということだろう？」

「それで私に何のメリットがあるのです。私は自分の意思で罪を犯しました。ラシェル様を攫った時点で、私は裁かれなければいけない立場にあるのですよ」

その言葉に、テオドール様が視線をさらに厳しくする。神官様は肩を竦めて見せた。

「そう、そこが疑問だ。なぜもっと分かりやすく、俺たちにコンタクトを取らなかったのか」

「そうすれば、罪を犯したと裁かれることもないでしょうね。むしろ、あまり王家とことを起こしたくない教会にも感謝されるでしょう」

テオドール様の言葉に同意するようにシリルが答える。確かにそう考えるのが自然だろう。なぜ神官様はそんな回りくどい、自分に不利な方法を取ったのだろうか。

2人の言葉に私は考え込むと、ふと神官様の言動を思い出す。

家族……家族……。そう、神官様は家族について何度か語っていたではないか。神官様の優しげな様子に反するように、温もりのない家族の話を。

「もしかすると、できなかった？　……神官様はご両親から、何度も何度も兄の役に立つように言われて育ったと」

「……何？」

私が呟く言葉に、殿下が怪訝そうにこちらに視線を寄越す。私はさらに考えを巡らせる。そして続けて頭に浮かんだことを神官様に向ける。

「だとしたら、相当な葛藤《かっとう》があったのでしょう。生まれた時から信じていた価値観、行動を、自分の意思で変えたのですから」

その言葉に神官様は一瞬、今まで浮かべていた微笑みの表情を消した。

「そうか、確かにあなたにそんな話をしていましたか……」

観念したように神官様は大きく息を吐き出し、目を瞑る。たっぷりの時間を取った後、神官様はゆっくりと目を開けると、まっすぐに私に視線を合わせた。

「はっきり言って、家族を裏切るつもりはありませんでした。疎ましいと感じても、私は抗う術を持っていませんからね。今回の話は何を馬鹿げたことを、とは感じていました。でもまぁ、彼らの望みどおり動こうと思っていましたよ」

「では、なぜ」

「そう、頭ではそう考えていましたが、教会での日々が、子供たちの笑顔が……いつの間にか、かけがえのないものになっていました」

「神官様を慕《した》う方たちは沢山います。それは間違いなく、あなたが築いたものです」

「……ありがとうございます」

教会での神官様の姿を思い出す。一人一人に真摯に向き合う姿は、神官のあるべき姿そのもののようだった。

そして、暗く沈みながら教会を訪れた人たちが、出て行く時の晴れたような顔つき。それを見送る穏やかな顔をした神官様の笑顔。彼らが神官様の今の姿を見たらどう思うだろうか。

長い年月をかけて、彼は自身の力で居場所を築いたというのに。思わず悲しくなり、視線がクロへと向く。クロは腕の中でじっと黙って神官様の方を眺めている。

「……そしてあなたです」

「私？」

神官様の言葉に思わず顔を上げる。そこには失ったものを惜しむかのように寂しさを滲ませる神官様の姿がある。

「まっすぐな瞳が……あなたと過ごす日々が、私にとって輝かしいものだったからです。本当に、嘘ではなく、あなたに惹かれていたのです」

その言葉に、胸が一気に苦しくなる。まっすぐなその思いに、私は目を背けてはいけないのだと、ただ神官様を見据える。同時に、肩に置かれた殿下の手に力が入ったのを感じた。

形容し難い気持ちが私の中を渦巻いていく。先ほどまで当たり前の光景であった、神官様と子供たちの姿が思い出され、さらに胸が締めつけられた。

神官様は穏やかな日々を手に入れ、大切にしていた。それをなぜ、自分から手放すような真似を。彼が背負う必要なんて、どこにもないというのに。

私の視線に気付いた神官様はふぅ、と小さくため息をつく。そして諦めきったような顔つきを見せる。

「それでも私は、あの家族を捨てることができない。自分でもどうしようもない奴らだと……そう思いますが」

「だから自分も一緒に罪を背負うと？」

神官様は殿下の問いに肯定も否定もせず、ただ寂しげに遠くを見つめるのみであった。

彼にとって、家族は簡単に語れるものではないのかもしれない。彼が見る家族は、彼にしか分からないものなのだから。間違っていると分かっていても正すことができない。

破滅が見えていても切り離せない。きっと、嫌な思い出だけでなく、両親や兄とのいい思い出や、消すことのできない想いがあるのだろう。

その思い出が神官様の足に絡まる鎖のように、身動きを取れなくさせるのかもしれない。だが、もしかしたら、その鎖を外すことを自分で拒否している可能性もある。

それは私には分からないことだ。

「変わることができない、そんな人間もいるのですよ。ラシェル様」

沈黙の続いた空間に、ボソッと小さく呟いた神官様の言葉だけが響く。

そんなことはない、そう言いたくても、どうしても言えなかった。

神官様はどんな思いでその言葉を発したのか。それを考えると、胸を締めつけられるように苦しくなり、軽々しい言葉を口にしてはいけないという思いが私を踏み留めた。

「王太子殿下、これで父と兄は捕らえられますよね」

「あぁ、禁術の使用は犯罪だ。ましてや精霊を傷つけようとするなど、重罪であろうな」

「彼らはきっと私を恨むでしょうね。でき損ないの息子が、弟が、と。彼らの信じるもの、未来を奪ったのですから。でも、そんなでき損ないの息子にしてやられたのですから、人生とは可笑しなものですね」

「であれば、勝手に自爆するのを見届ければいいものを」

「いえ、あんなのでも私の家族ですからね。……私は彼らと共に罪を償うことを望みます」

「愚かな」

「私もそう思います」

殿下の言葉に、神官様は自嘲の笑みを浮かべる。傍《はた》からは、確かに神官様は愚かに見えるだろう。自らを守る術があったのに、罪を背負う道を選んだのだから。

だが、それが彼なりの正義なのかもしれない。

「もう一つお願いが……」

神官様は大切な宝物をそっと仕舞うように、柔らかな微笑みを浮かべている。その顔はどこか吹っ切れたように清々しく、それでいて今にも消え去りそうな儚《はかな》さがある。

「何だ」

「私の後任について。このような事態を招いた私が願いを口にするのは間違っていると、それは分かっているのですが」

「よい。言ってみろ」

「教会の子供たちは、今回の件に巻き込んでしまっただけで、一切関係ありません。シスターや教会を訪れる方々も。……どうかよき後任を選んでいただけるよう、大教会本部に伝えていただきたく」

「あぁ、きっと伝えよう」

殿下は眉間に皺を寄せると、力強く頷く。だがまだ納得できないかのように、難しい表情をしている。それでも、もう神官様に何も言わないのは、彼が苦悩して出した選択を否定することができなかったからだろう。

神官様は、殿下の返答に心から安堵したように、優しく穏やかな笑みを浮かべた。そして紫の瞳からは一雫《ひとしずく》の涙がこぼれ落ちた。

私もまた、彼が守りたかったもの、そして捨てることができなかったもの。そんな彼の苦悩を想って、涙が止まらなかった。

7章　新たな道へ

その後の殿下は各所へと奔走し、なかなか連絡がつかなかった。ようやく1カ月が過ぎた頃、全てが一段落ついたそうだ。

王都で教会との話し合いが終わり、殿下とテオドール様が最終確認と結果報告をしに、マルセル領へと来てくれた。いまだ後任が決まらない教会の視察も兼ねて、私は殿下と共に教会を訪れた。

今は教会の2階、比較的人目につきにくい場所で殿下と2人、隣同士に座っていた。この吹き抜けの2階からは、礼拝に来た人など、1階の様子がよく見える。

神官様の件について、とりあえずは混乱を招かぬように配慮した。今の段階では、神官様は家庭の都合で急遽王都へと向かったことになっている。

そのため、領民たちもいつもと変わらずここを訪れている。また領内のほかの聖教会にいる神官が代わりを務めることもあるようだ。

子供たちは寂しそうにしているが、私やサラができる限り訪問し、シスターの手助けをしている。

隣に座る殿下は、「ようやくこの教会も落ち着きそうだ」と目元を緩めて微笑んだ。私は殿下へ顔を向けると、先ほど殿下から聞いた説明を整理した。

「つまり今回の問題について、教会は一切関与していない。ワトー家が単独で起こした問題である、ということですか？」

「あぁ、そういうことだ。実際は、アロイスの父が誰かに指示されたのかもしれないし、自身の信念でやったことかもしれない。だが教会側の証拠がない以上、そう決着をつけるしかない」

「……それが教会にとって一番損害はないですからね」

でも何だかモヤモヤする。もっと関与が疑われる人はいそうなのに。証拠がないため、表立って行動をした者しか裁くことはできない。

「ただ、今回のことを公《おおやけ》にしたくない教会から、正式に返答が来た。闇の精霊を教会が認めるという発表をする、とな」

「そうですか」

「それと、闇の精霊の謎の調査にも積極的に協力すると約束させた。まぁ、教会がどれだけの情報を出すかは分からないが、貸しができたのは大きい」

精霊と密接な関係にある教会の人間が精霊殺しの禁術に関わっていた。それが世間に知られれば、民衆からの批判は凄まじいだろう。

もちろん聖教会は国教であるから、その批判は王家へと飛び火する可能性もある。それは王家としても避けたいことであった。

そのため、禁術の件は秘匿され、公には別の罪として裁かれることになった。これは教会側からの申し出である。よって教会は、王家に大きな借りを作ったことになる。

また、教会が闇の精霊を認めたとなると、表向きは皆、闇の精霊に対して好意的な態度を取るだろう。そして、その闇の精霊と契約した私に対しても。

「教会が闇の精霊を、光と並ぶ貴重な存在と声明を発表すれば、低位精霊とはいえ、契約したラシェルの立場が少しは安定するだろう」

「ありがとうございます。何から何まで」

「いや、今回はたまたまアロイスが先手を打った。それで、結果としてラシェルにもクロにも何も起こらなかった」

「えぇ、神官様のお陰です」

「今後もそうだとは言えない。まだまだ闇は謎のままだからな」

「はい」

殿下の神妙な顔つきに、私もまた姿勢を正して頷く。

そう、これで油断してはいけないのだ。まだまだ色んな人の思惑が渦巻いていることもある。

それに闇の精霊についてはほとんど分かっていないのだから。

「だが、約束する。いつでも、どんな時も、私はラシェルを守るよ」

殿下の瞳がまっすぐに私を貫く。その真剣な眼差しに思わず息を飲む。こんなにも強い光を持った眼差しを受けたのは初めてだ。

そして殿下は私の手を取ると、ギュッと握りしめた。その手からは僅かに緊張を感じさせた。どうしたのだろう、と殿下の顔を見つめる。

殿下は、大きく深呼吸をした後、静かな声で「聞いてほしいことがある」と前置きをした。その声に頷くことで返事をする。すると殿下は目元を緩めて口元に優しい笑みを浮かべた。

「ラシェル……私は君のことが好きだよ」

好き……？　殿下が、私を？

一瞬何を言われたのか頭が理解していないかのように、周りの音が一切聞こえなくなった。

……殿下が私のことを好きだ、と言ってくれている。もしかして、と薄《うっす》ら感じてはいた。でも、まず初めに感じたのは、純粋な驚き。そして歓喜、戸惑い。

ジワジワと頬が赤くなるのを感じる。口もポカン、と開けたまま瞬きさえもしていないだろう。だが、徐々に殿下の《好きだ》という言葉が私の体を駆け巡る。

春の風が吹いたように、どこかくすぐったい、ふわっと軽くて優しく、温かいものが心に広がる気分だ。草木が芽吹くように、殿下の姿が、私の視界全ての色彩が、鮮やかに変化する。

何か温かいものが頬を濡らすのを感じる。だがその涙を拭《ぬぐ》う手段もなく、私は視界がぼやけたまま、ただ殿下を見つめた。

何かを伝えなければ。殿下の想いに応える、何かを。

私の、今の気持ちを。

「何と言っていいか……。私は、今はただ殿下の隣にいられたら……と思います。でも守られるだけでなく、隣で支えられるようになりたいです」

殿下の「好き」という言葉に、同じ気持ちを返せているのかは正直分からない。ただ、殿下が望むのであれば、私はそれに応えられるよう共にありたい。素直にそう感じた。

今後はもう逃げない。自分の気持ちに蓋をして、見ないふりをするのはやめよう。それが、まっすぐに見つめてくれる殿下に返せる唯一のものだから。

そして、いつか……。自分の口から殿下に同じ言葉を返せる日が来るといい、そう感じる。

「ラシェル、それは……」

殿下は一瞬目を見開くと視線を左右に揺らせて何かを口ごもった。

私は、まだ殿下に伝えなければいけないことを思い出す。次に会った時に殿下に伝えようと思っていたこと。

「決めたことがあるのです。もう逃げるのはやめよう、と。ここで見つけたのです。これから私が何をしたいか」

「あ、あぁ」

この領地で学んだことは多い。海や山々の自然溢れるこの地には、活気に満ち、生き生きとした人々が多く暮らしている。

そして、ここで出会った孤児たち。未来を担う子供たちに、何かを与えるためには、私もまた、まだまだ学ばなくてはならないことが沢山ある。

「王都へ戻って、学園へ行きます。そしてもっと沢山のことを学ぼうと思います」

「あぁ、応援するよ」

殿下は私の言葉に優しく微笑むと、力強く頷いてくれる。それを見て私も、どこか緊張していた心がほぐれ、自然と口元が緩む。

だが殿下は、いまだ何かを伝えようと視線を彷徨わせた。「その、さっきの……」と何度もハッキリとしない言葉を呟いている。

何かしら。思わず首を傾げると、殿下は意を決したように口を開く。

「先ほどの……答えは……」

しかし殿下の声は私に届かなかった。ちょうど殿下の声と重なるように、脇の階段を登る2

人分の足音が聞こえたからだ。そして、いつも通りの明るい声も。

「おい、ルイ！　新しく赴任する神官を連れてきたぞ」

現れたのは、いつもの黒ローブ姿のテオドール様。そして気まずそうに顔を伏せながら後ろから歩いてきたのは、なんと。

「神官様！　どうして……」

私はテオドール様の後ろにいる神官様の姿に驚いたが、殿下は全く驚いた様子がない。それどころか、立ち上がってテオドール様の元へと大股で行くと、何かを抗議するように目を吊り上げている。

「全くお前は、タイミングが悪い。……いや、見計らったな」

「人聞きの悪いことを。ほら、挨拶したら？」

テオドール様は殿下の様子など気にも留めずに、神官様の背中を軽く押す。すると、神官様は眉を寄せて苦しげな表情をする。

「いえ、私はここに来る資格は……」

神官様の言葉に、殿下は大きくため息をつく。そして諭すように神官様へと体の向きを変えた。

「アロイス、お前はラシェルを攫ってなどいない。保護していた。そうだな？」

「いえ、私はラシェル様を……」

殿下と神官様のやり取りに……あぁ、そういうことか。と納得する。

そして神官様の顔を見て、にっこりと笑う。

「えぇ、私は攫われてなどいません」

殿下は、あえて罪を被ろうとした神官様を、よしとしなかったのだ。きっと、この神官らしい神官様が今後の教会を支える重要な人材、と考えたのもその要因かもしれない。

ここで罪を暴き問いただすのは簡単だ。でも、彼が家族と共に裁かれたところで、誰も得する人間はいないのだ。

さすがは殿下だわ。一人納得していると、テオドール様が私の側にそっと近づき、耳元で小さく呟いた。

「いや。あいつは恩を売って、何かあった時にしっかり働かせるつもりだよ」

「まぁ！」

テオドール様の言葉にわざとらしく驚くと、殿下は焦ったように近づき、私とテオドール様の間に入り込む。

「おいテオドール、ラシェルに変なことを吹き込むな」

今までポカン、とした表情で私たちのやり取りを見ていた神官様は、ハッとした表情になる。

そして、殿下に向かって片膝をつき、手を胸元へ置く。

「殿下……この度のこと、なんとお礼を言えばいいのか……」

「いや、その思いは全て民のために。これからまた、しっかりと働いてくれればよい」

殿下の言葉に神官様は唇を噛みしめた。だが、目を閉じて軽く目元を手で拭うと、いつものような優しい笑みをその顔に浮かべた。

その穏やかな微笑みのまま、紫の瞳を光らせると「でも、本当によろしいのですか？」と殿下に確認するように首を傾げた。

「は？」

「教会が闇の精霊を認めたからといって、婚約が確固たるものになったわけではないのでしょう？」

「うっ……」

人のよさそうな笑みのまま、神官様は視線を私の方へと向ける。

「ラシェル様、王太子殿下との婚約を解消することになったら、すぐに教えてくださいね」

「え？」

「その時は私と共に、子供たちの未来を明るくするために尽力しましょう」

その言葉にテオドール様が吹き出した。次いで、私もクスクスと肩を震わせる。神官様はいまだ赤くなっている目元を隠さず、温かい陽だまりのような微笑みを浮かべた。

殿下だけは「おい！　人の婚約者を口説くな！」と神官様に詰め寄っていた。

どこか沈んだ様子のこの教会、この場所が、笑い声に包まれる。

よかった。ここにまた笑い声が響くようになって。きっとこれからもこの場所は、温かく穏やかな時間を刻むことになるでしょう。

こうして、私の領地での生活は一旦幕を閉じる。王都へと帰れば、また新たな日常、出会いを迎えることになる。

私の選択により、前の生とはずいぶん変わってしまった。それによって今後さらなる事件が待ち受けていることに、私はまだ気付いていなかった。

◆◇◆◇◆

これは教会からマルセル領主館へと移動したのちの出来事。

「ところでテオドール、ラシェルの運命の出会いってなんなんだ。ラシェルに聞いても、そんなもの知らないって言っていたぞ」

「あー、あれね……」

馬車の中で気まずそうに聞かれた《運命の出会い》とやらに、私は首を傾げた。テオドール様が何かを殿下に伝えたそうだけど……何かしら。

「おい、サミュエル！」

「あっ、はい。何でしょう」

お茶菓子を運んできたところをテオドール様に呼び止められ、驚いたようにビクッと肩を震わせるサミュエル。だがテオドール様は全く気にする素振りもなく、サミュエルの肩に腕を回し、何か小声で会話をしている。

「お前とあの豆の出会いを、王太子殿下が聞きたいそうだ」

「なぜ⁉」

「いいか、よく聞け。もし、これでルイがあの豆に興味を持ってみろ。国内の優秀な人材と国外のツテで、お前の悩んでいる問題を即解決してくれるぞ」

「なっ！」

「いいか。全てはお前がルイに興味をどう持たせるかにかかっている。ほら、行け！」

「は、はい！」

テオドール様から何かを聞いたサミュエルは、鼻息荒く殿下へと近づいてくる。いつもの、殿下を目の前に恐縮した様子とは打って変わって、自分から殿下へとジリジリと近づいていく。

瞳は妖しく煌めき、獲物を前にした肉食動物のようだ。そんなただごとではない様子を察した殿下は、顔を引きつらせている。

だがサミュエルはそんなことお構いなしのようだ。

「王太子殿下、ではまず、大豆という豆についてご説明します」

「は？　なぜ急に豆なんだ」

「この大豆という豆は、ただの豆ではございません。さまざまな可能性を秘めた、魅惑の存在……」

「おい、近い！　近い……分かった、聞くから少し離れろ！」

屋敷には、殿下の大声とサミュエルの淡々とした声が響き渡る。そして、テオドール様はいつの間にか、姿を消していた。

外伝　ルイの過去

物心ついた頃には、私は自分が特別なのだということを理解していた。だからといって、常に温かい視線や愛情を目一杯受けて育ったかといえば、そうではない。

もちろん、周囲の人間たちは私に恭《うやうや》しい態度で、なるべく丁寧に対応していたのだろう。だが、彼らが求めていたのはルイ・デュトワという一人の人間ではない。

王家に生まれし第一王子。次の王となる可能性の高い人間。彼らが見ていたものは、それであるということが年を重ねるにつれて、自然と分かっていった。

何より、父である王が特にあからさまであった。手を繋いだことも、抱きしめられたこともない。話しかけられることと言えば、勉強の進み具合や鍛錬の成果、そして時に父から出される課題の答え合わせ、だけであった。

隣国の王女であった母は、いつも父の顔色を窺っており、《自分にはこの国の作法は分からないから》と、私と積極的に関わろうとしなかった。

下の弟妹が生まれてからは、彼らには母としての愛情を注いでいるように見えた。だが私とは溝ができすぎてしまったのかもしれない。父にそうするように、私と会話する時も、どこか張り付けたような綺麗な微笑みを常に浮かべていた。

それを不幸だと嘆くことはなかった。シリルの母である乳母は厳しい人だったが、私にも愛情を注いでくれたし、何より自分は第一王子なのだから。

私はこの国を守り、この国を愛し、この国のために生きる存在。皆は、尊敬すべき次期王を望んでいるのだ。

だとしたら、その期待に応えること。それが自分の成すべきことなのだと、そう理解していた。もしかしたら、周囲に比べて早熟な子供だったのかもしれない。元々の性格も冷めた人間なのかもしれない。だが、自分としては学ぶことも楽しいし、同い年のシリルと遊ぶことも楽しい。

それにこの自然豊かで、表情の明るい民を、自分が守る。その責任ある立場に誇りを持っていたのだ。

◆◇◆◇◆

「殿下、カミュ侯爵家のご子息が到着しております」

10歳のある日、シリルが私の部屋にやってきて、そう告げた。

今日は、魔術師団長であるカミュ侯爵の子息2人と初めて対面する日である。

兄の方は、私より5歳年上の15歳になるテオドール、弟は今年8歳のアドリアンだと言っていたな。大方、カミュ侯爵同様に、魔力の強い2人のどちらかを将来の側近に据えようと、陛下が考えてのことだろう。

年齢から考えると、弟の方が私とは年齢が近い。だが、兄のテオドールは、近年まれにみる天才だそうだ。兄弟どちらとも仲良くしておいて損はないであろう。

つまりいつも同様、人から好感を持たれやすいこの外見を利用し、自分に有利となるように物事を進めるのが最善だ。そう一人結論づける。

そんな傲慢な考えを持っていた。このカミュ兄弟を見るまでは。そして、その私の鼻っ柱はテオドールにより、いともあっさりと折られた。

「お初にお目にかかります、第一王子殿下。私はカミュ侯爵家嫡男のテオドール・カミュと申します。こちらは弟のアドリアンです。私のことはテオドール、弟のことはアドリアン、もしくはリアンとぜひお呼びください」

膝をつき深く頭を下げた顔を上げた瞬間、あまりの驚きに目を見張った。なぜなら、兄のテオドールと名乗った少年、いや、少年と呼ぶには少し大人びてはいるが。その彼があまりに人間離れした美しさを持っていたからだ。

その瞬間、自分はうぬぼれていたのだと実感した。この顔のよさを活かし、どうすれば人から好かれやすいか、どのような態度を取れば人は自分の思う通りに動いてくれるか。そのために利用するほどには、自分の顔は整っていると思っていたからだ。

だが目の前の人物はどうだ。まるで宮殿のどこかに飾られた精霊たちのような雰囲気さえある。

「あぁ、私はルイ・デュトワだ。この者は……」

「シリル・ヴァサルです。ヴァサル伯爵家の次男です」

駄目だな、私としたことが一瞬この空気に飲まれそうになるとは。意識して真面目な表情を作り、カミュ兄弟と対峙する。

「へぇ、どんな子供のお守りかと思いきや。面白い」

その時テオドールが何かを呟いたように思うが、「何か」と声をかけると「いいえ」とにっこりと微笑まれた。

弟の方は、私たちよりも2歳年下ということもあり、形だけはしっかりとした礼を行えたが、初めて来た城に興味津々という感じだ。テオドールと同じ銀髪ではあるが、表情にはやんちゃさが滲んでおり、顔も整ってはいるが、テオドールほど人間離れはしていない。

こっちの方が扱いやすそうだな……。

そう観察していると、その視線にアドリアンは気付いたのか、一瞬ゲッと顔を歪めた。どうやら察しも悪くなさそうだな。

そんな風に2人を観察していると、テオドールが私に見えないように、アドリアンに何かをしたようだ。アドリアンが頭を摩りながら、痛がっているように見える。

当のテオドールは変わらずニコニコと笑っている。……何だ？

「今、何かしたか？」

「いえ、我が家の躾ですよ。なぁ、アドリアン」

「……はい、兄上」

私の問いかけにカミュ兄弟は気まずそうに顔を見合わせながら、「ははっ」と笑い合っている。

「それで、テオドール。君はもう既に魔術師団に入れるほどの魔術を操れるとか」

「殿下、そのような恐れ多い。ただ、人より適性に優れていたようで」

「少し見せてもらっても？」

「では、簡単なもので」

そうテオドールがニヤリと笑いながら言うと、両手を上へと掲げ、小さく呪文を呟いた。その瞬間、部屋が真っ暗な暗闇に包まれる。

「何だっ！」

驚きに思わず声を出したのは私だけではなく、シリルも「殿下！」と焦ったような大きな声を出した。

だがそのすぐ後、今度は感嘆の声を上げることになる。というのも、テオドールの手元から光の粒が現れると、暗闇一色の世界に眩い光が溢れ出たのだ。

その光は、上へと昇っていき、暗闇の中で星のようにキラキラと煌めいている。思わず見惚れていたため、数秒なのか数分なのか、どれだけの時間が経過したのか覚えていない。シリルもまた、隣で感嘆の声を僅かに漏らしている。

そして、もう一度テオドールが右手を掲げた瞬間、光はテオドールの手へと吸収される。その直後、暗闇も消え、部屋の中にまた陽の光が入り込んだ。

それは一瞬の夢のような美しさで、部屋が元に戻った後も、ボーッと夢心地で、しばらく声を出すことも、動くことさえもできなかった。

――今のは一体何だったんだ……。

一瞬で太陽の日が消えて、夜のようになるとは。だが、今この目でとてもすごい光景を目にしたことだけは確かで、今まで感じ得なかった衝撃に、我を忘れそうになる。

そして、胸の奥でワクワクとした気持ちが抑えられない。

「このような魔術は初めて見た！　テオドール、これはどのような魔術なのか教えてほしい」

「……秘密です」

「は？」

「いえ、ですから、今は言えませんね」

「なぜだ」

「だって、殿下が分からないということは、まだ習っていないのでしょう？　この魔術がどういうものかは、ご自分でお調べください」

は？　なんだと？

いまだかつて、私にこのような物言いをした者がいたであろうか。ポカンとした表情の私に、テオドールは悪びれる様子もなく、優雅ににっこりと微笑んだ。

シリルはアワアワと、私とテオドールの顔を何度も見比べて、どうすればいいかと考えているようだ。アドリアンだけは素直に「わぁ、兄上もう1回！」といまだ興奮して喜んでいる。

――面白い。

なんて面白い人物なのだろう。思わず、「ははっ」と自分の口から笑い声が漏れた。こんな奴は初めてだ。

初対面の私に対して物怖じせず、しかも課題を出す……だと？

「分かった。では、その課題は、次に会う時までに答えを見つけてみせよう」

「では、楽しみにしております。殿下」

私の答えに、彼は口の端をニヤリと上げ、試すような視線を向けてくる。どうやら、このテオドールは私がこの課題の答えを見つけ出せるとは思っていないようだな。

今の言葉のあとに《できるものならな》と、心の中で付け加えていることが顔に出ている。


そんな衝撃的な対面から、数カ月。カミュ兄弟は定期的に私の元に来るようになった。そしてすぐに私は、このテオドールは一筋縄ではいかない人物であると理解した。

あの風貌に似合わず、地の言葉遣いはあまりよくないこと、そして人をからかうのが好きであること。このからかいに関しては、アドリアンとシリルはテオドールの格好の餌食《えじき》だ。だがそれさえも私にとっては面白かった。

またテオドールは距離感が人とは違う。シリルとはまた別の意味で、私に気を使わない奴は初めてであり、それを嫌ではないと感じている自分がいる。

「お前はなぜ私にそうも気軽に接するんだ？」

「俺にとっては、お前たちなんて、ただのガキだからな。王子の肩書を取ったら、お前もただの10歳の子供だろ？」

「その肩書は、この国では相当重いものだと思うがな」

「ははっ、違いない」

テオドールは面白そうに目を細めて笑うと、私の頭をグシャグシャと撫でる。

「まぁ、この王子様には親近感が湧くからな」

「親近感？」

「俺も距離を置かれやすいからさ、だから親近感」

初めて言われた言葉に、少なからず驚きを覚える。あまりにもポカンとした表情をしていたのであろう。テオドールはフッと息を漏らすように笑うと、私の頭をまたもや乱雑に撫でた。

「それに、ルイは子供らしい子供じゃないから、俺にしたら心配もあるわけだよ」

「……じゃあ、お前は子供らしい子供だったのか？」

いつの間にかテオドールは、私をルイと呼び捨てにするようになった。魔術に関しては師匠であり友人だから、とそう呼ぶことを許したのは自分である。

それでもその呼び方を、自分は意外と気に入っていることも驚きではある。私を《ルイ》と呼ぶのは陛下と王妃ぐらいだが、彼らとは用事がなければ会うことはない。だからこそ、慣れるまでは少しくすぐったい気持ちがした。

「俺は人並みに反抗期みたいなものもあったから。お前より子供だったよ」

「へぇ、意外だ」

テオドールとは気が合うこともあり、こいつも自分と同じように子供らしくない子供だったのだと思っていたが、意外にも反抗期とやらがあったとは。だが確かに、そう言われてみると、アドリアンとの関係も、かなり親しい兄弟だということが分かる。

私が一人で納得していると、テオドールは目の前の紅茶を一口飲み、私の机に積まれた本を指さした。

「それで、さっきから気になってたんだけど、ここに地図が積み上がっているのは何なの？」

「あーそれは、その……。……テオドールは、サリム地区に行ったことはあるか？」

「サリム地区？　なんでまた」

テオドールは私の答えが意外だったのだろう。片眉を上げて、私の真意を探るような視線を向けた。その視線をまっすぐに返すと、重くなる口を開く。

「誰も教えてくれないから。教師も大臣も……陛下さえ口を閉ざしている」

テオドールはそんな私にニヤリと笑うと、「ふぅん」と小さく呟いた。

「どうして教えてもらえると思っているんだ？　それが当たり前であるかのように」

――それもそうだ。

テオドールの言う通りだ。私は自分が疑問に思ったことを教えようとしない周囲に反感を持っていた。だが聞けば教えてもらえるとは、なんとも傲慢で、愚かな考えをしていたのだろうか。

自分の持った疑問なのだから、自分で調べればいい。自分の目で見ればいいだけではないか。

「どうやら解決したようだな」

テオドールは私の顔を見ると、一瞬穏やかな視線で微笑むが、すぐに真剣な真面目な表情になった。

「自分で調べると決めたからには、どんな結果になろうと最後まで調べ尽くすんだな」

「……あぁ、もちろんだ」

このテオドールとの会話から、私は地道に情報を集めていった。いつ自分の目で見る機会があるかは分からなかったが、その時に備えて。

そして数カ月後に、そのチャンスが来た。

「殿下、本当に行くのですか」

「あぁ。いいか、あの路地、あそこで護衛を撒《ま》くぞ」

私は内緒話をするようにシリルの耳元に顔を寄せ、小さい声で告げる。

そう、そのチャンスこそが今、この時だ。準備を進めていく中で、ちょうどよくサリム地区のある地方に視察に行くことになったのだ。これを逃せば、サリム地区を実際に自分の目で見る機会が遠のく。

そのため、護衛と共に街に出る機会を設けて、分単位での計画を入念に練った。そして計画通りに、死角ができる一瞬を逃さずに、護衛から距離を取ると、シリルと共に門まで一直線に駆けた。

あそこは閉鎖された空間であり、サリム地区と街とを隔てる高い門がある。そこを超えて中に入れば、さすがに護衛も追ってはこないだろう。

このことが明らかになれば、問題にはなるだろうが、1時間ほどですぐ帰る予定だ。少しはぐれただけだとごまかせばいいだろう。周辺の地図はすっかり頭に入れたし、どこで再び護衛と会うか、という場所も、全てシミュレーション済みだ。

全ては計画通りに、何も問題なく順調にいった。本当にそう思っていたのだ。サリム地区に入るまでは。

「殿下……あの、これは……」

自分はもちろん、すぐ後ろに立つシリルも辛うじてそう呟くと、絶句した。

——何だ、この場所は。

腐った臭いが鼻をつき、嗅覚が正常に働かない。空気は淀んだように靄がかかって見える。そして何より、どの建物もどこかしらが崩れ、人は住んでいないと言われた方が納得できる。

自分の目の前に倒れている人は痩せこけており、力なく空をぼんやりと見つめているだけ。

フラフラと歩いている人物でさえ、私たちを一切気にかける様子もなく、ただ目的もなく彷徨っているように見える。

今自分たちがよじ登って入ってきた壁の向こうには、人々が笑い合い、活気に溢れた街があった。だが、ここは……。

笑い声一つ聞こえない。それどころか、喧嘩の声も、子供たちのはしゃぐ声も、赤ん坊の泣く声も。

――これが、私の国？　私が守るのだと誇りに思っていた国……であると？

ここは、本当に現実なのであろうか。地獄に迷い込んだと言われた方が信じられるのではないか。

私が当たり前のように食事をとり、勉学に励み、風呂に入る。それと同じ時間、ここにいる者たちはどんな時を過ごしているのか。

飢えに苦しみ、病に倒れ、そして死を待つだけだというのか。……そんな未来もない、そんな場所が本当のこの国の姿であるというのか。

想像以上の現実を目の当たりにし、シリルと2人茫然としながらも、どうにか再び護衛と合流することができた。それでも脳裏には先ほどの光景が消えず、離れた今もなお、心はあの地に捕らわれているかのようであった。

それは王都に戻ってからも変わらず、陛下に呼び出された時でさえ、気のない返事しかできなかった。そんな私はあまりにも自分本位で、自分が考えていた何十倍も幼く無能だと実感したのは、陛下からの呼び出しに応じ、問われた時であった。

「ルイ、それで今回のお前の勝手な行動について、どう責任を取るつもりだ。お前のせいで、将来を約束された騎士たちが、出世の道を断たれる可能性もあったのだぞ」

「……弁明のしようもありません」

「当たり前だ。私は問うたのだ、お前の責任を」

今回の件で、護衛の騎士たちは、第一王子の護衛という出世街道から外されることになった。護衛対象を見失うという失態を犯したからだ。

それは全て自分のせいだ。護衛対象が勝手な行動をすれば、責任を問われるのは私ではない。騎士たちなのだ。自分はそんな当たり前のことを考えられなかった。

片や、王を継ぐ可能性のある王子、片や騎士。どちらが代わりのきく者か。誰かに聞くまでもない。

そう、この国には、平等など欠片も存在してはいないのだ。同じ国に生まれた人間ではあるが、その命の重さは一緒ではない。

だからこそ、王族はふさわしい行動を取らねばならない。彼らの責任を全て背負うに足る人物でなければならない。それが、上に立つ者の責任なのだから。

「私は何も持っていない、ただの子供なのだな」

「いえ、殿下は何も持っていないなど……」

「いや、ただ理想論だけを掲げても、自分には一切何もできない。そんな愚かな、肩書だけが取り柄の子供だ」

私が見たこの世の地獄。それをどうにかしたいと考えるには、自分はあまりに無力であった。

サリム地区の現状を訴えても、皆、口を揃えたように私にこう言った。

『殿下の語る未来は素晴らしいものかと。ですが、物事には優先順位というものがありますから』

優先順位……確かにこの国は以前に比べると豊かになったが、それでも戦争の傷跡はいまだ残されている。だからといって、彼らを後回しにしていい理由はない。

「順番」と言っていられるほど、サリム地区に住む者たちに猶予があるとは思えない。かと言って、無理に門を開けたとして、あの狭い世界しか知らぬ者たちを周囲が受け入れないだろう。あの場所に住む者だってそうだ。手に職もなく、門が開かれたとしても、彼らが行く場所など、どこにもないのだから。

何よりもあそこにいた者たちの、既に生を諦めたような瞳の色。……彼らの活力が戻るには、どうすればいいのか。

「協力者が必要だな」

ポツリと呟いた声は、シリルにも聞こえたようだ。彼もまた、サリム地区から帰ってきてから、顔つきが変わった。私がそうであるように、シリルも何か目的を見つけたのかもしれない。

「殿下、そうは言っても、協力してくれる人が見つかるでしょうか」

「見つけるしかないだろう。陛下にとってサリム地区は興味の欠片もないものだ。陛下の目標は、この国の力をまた戦前の頃まで戻すことだろうからな」

「だから外交に力を入れているのですね。何百年と国交のなかった隣国と密な関係を作ったり」

「あぁ。母もまた、陛下にとっては隣国との懸け橋としての駒にすぎないのだろう」

どこか夢見がちな母にとって、どこまでも冷徹な陛下は物語の王子様とはかけ離れていた。

「我が親ながら、陛下は夫婦関係に関しては見習うべきことは何一つないな」

「……そんな話を振らないでください。私は『そうですね』なんて軽く同意はできませんからね」

「そうか？　普通に同意してくれて構わないのにな」

シリルは私の愚痴に眉を顰めると、深いため息をついた。２人だけの時は、気軽に軽口を叩き合う間柄だが、そんなシリルも冗談でも国王夫妻を悪くは言えないか。

「私だったら、あの王妃に対して、夢を崩さず相手の好きそうな男を演じるだろうけどな。その方が駒として使い勝手がよさそうじゃないか？」

「自分の親に対して使う言葉じゃありません！」

自分だったらもっと上手にやるのにな、と考えてシリルに話すと、シリルは本当に嫌そうに顔をしかめた。

こういう反応をされると、やはり自分は普通の子供ではないのだと実感する。両親に対しても親愛の情など感じないし。友人の方がもっと親しいのではないかとさえ思う。

「殿下もいずれは結婚されるのですから……」

「だからこそ、婚約者になる子には優しくしないといけないよね」

「殿下の発言は、根本的なところがずれているかと思いますが」

シリルは右手で額を抑えて深いため息をつくと、首を横に振る。そしてこれ以上言っても仕方がないとばかりに、「そろそろ魔術教師が来るかと思います」と話を強制的に終わらせた。

全く、人をおかしな奴だとばかりに言いやがって。

だが確かに私は、人との関わり合いは損得であるという意識が強い。婚約者だって、自分が好んだ誰かを選ぶわけではないのだろう。貴族の中で自分にとって一番メリットがある者を正しく選ぶだけだ。

それでも、もしかしたら……。仲のよい夫婦というものになれる可能性だってある。

サリム地区のことも、理解を示してくれる者はまだ少ない。だがもし婚約者になる者が、一番の理解者になってくれたら。自分がいつも感じている虚無感、孤独感が少しは変化するかもしれない。

とはいっても、そんなことは夢物語なのかもしれない。だが、そうなればいいという期待を捨てられない自分がいる。

◆◇◆◇◆

時は過ぎ、私は12歳になった。この2年間は私にとって、自分の甘さを見直し、足りないものは何かを模索した時間だった。自分では大人びていると思っていたが、私はまだまだ子供であった。

それを自覚できたことで、どんな相手にも、どんな困難にも、決して背を見せずに強くあろうとする覚悟、そして確実にこの国の未来をよくしていこうという王としての覚悟。そんな覚悟を持つことができたともいえる。

そして、今日は毎年恒例の王妃主催の茶会の日である。この日ばかりは、さすがの王妃も表舞台に立ち、自分の役割を果たしている。

この茶会では、例年通りに今年も10歳以上の子息令嬢を招いているようだ。今日の本当の目的は、私の婚約者選びであろう。

本音としては、誰が選ばれても一緒だと思う。だが、この婚約者選びでも、私は陛下に試されている。そう考えると、今日のように雲一つない澄み渡った青空と、自分の心情は正反対に思える。

護衛と共に庭園へと向かうと、既に客で賑わっていた。周囲を見渡すと、色鮮やかなドレスたちと、僅かに緊張した面持ちの子供たちの姿が目に入る。

さて、まずは招待客に挨拶をしている王妃の元へと向かうとしよう。そう考え、一歩足を踏み出すと、「殿下」と庭園の方からやってきたシリルが私に声をかけた。

「王妃様のところまでご一緒します」

「あぁ。ではシリル、行くとするか」

「はい」

シリルと共に庭園内を進むと、私に気付いた者たちが深く頭を下げる。初めて茶会に出席したのであろう者がこちらをボーッと見つめ、母親に注意されている姿が視界に入る。

初々《ういうい》しい姿と微笑ましくも思うが、これから貴族としての厳しい世界が待ち受けている。

彼らもまた、今日が新たなスタートなのだな、とそんなことを考える。

そして、公爵夫人と歓談していた王妃の姿を見つけ、その近くによると、王妃もまた私に気付いたようで、綺麗な微笑みをこちらに向けた。

「ルイ」

「母上、お待たせしました。今日は一段と麗《うるわ》しいですね」

にっこりと微笑み、誰が見ても仲のよい親子に見えるよう細心の注意をする。すると王妃も、満足そうに笑みを深めた。

目の前の公爵夫人にも挨拶し、一言二言と言葉を交わすと、夫人は友人らしき女性たちのもとへと移動していった。それをにこやかに見送ると、王妃が微笑んだまま、こちらに顔を向ける。

「今日はあなたと年の近い令嬢も何人か招いていますからね。特にヒギンズ家のご令嬢は可愛らしい子よ。それにマルセル家にも魔力の強い子がいるそうね」

「はい。では、仲良くなれるように話をしてみます」

今の王妃の言葉で、どうやら侯爵家2人の令嬢を私に勧めたいようだと理解する。そうは言っても、婚約者を選ぶのは私自身だ。家柄、能力、資質。この国の未来にとって一番見合う王妃を選ばなくてはいけない。

王女という肩書だけで、通常は離宮の奥で引きこもっているような王妃は論外だ。なんて頭の中で毒を吐きながら、微笑みを絶やさずに王妃と共に、次々と訪れる招待客に挨拶する。

いつものように当たり障りない会話をし、好まれる表情をする。それだけで、皆満足そうにする。同年代の子息令嬢もそうだ。キラキラした瞳で私を見るその視線に、できる限り柔らかく人好きしそうな笑みで答えた。

「マルセル侯爵家、長女のラシェルです。王妃様、第一王子殿下、お目にかかれて幸栄です」

「こちらこそ、マルセル侯爵夫人、ご令嬢」

次々に挨拶に来る客に、疲れを感じさせないように細心の注意を払っていると、声からも凛《りん》とした雰囲気が漂う少女が、目の前で美しい礼を見せた。その姿に思わず一瞬息を飲む。だがすぐにハッとし、先ほどと同じく微笑みを浮かべて挨拶を返す。

その少女は、光を通さない漆黒の髪色に、今日の空と同じ水色の瞳をしていた。ほかの令嬢と違い、私の笑みに対して頬を染めることがない。それどころか、視線を逸らすことなく、意志の強そうな瞳で私をまっすぐに見つめた。

その瞳には、誰よりも自信のみなぎった様子がある。先ほど王妃が、魔力が強いと言っていたのがこの少女であることを思い出す。

——へぇ。この子か。

「ラシェル嬢、少しこの庭園を案内しましょうか。夫人、少しご令嬢をお借りしても？」

「ええ、もちろんです。ラシェル、ご無礼のないようにね」

「はい」

私の申し出は、彼女にとって予想外であったらしい。大きな吊り上がった目を見開き、丸くしている。その姿がまるで猫のようで、心の中で可愛らしいと感じる。

「ラシェル嬢、花はお好きですか？」

「はい！　花はどんな種類でも大好きです」

にっこりと笑う少女の笑顔は、まるで花畑の中にいるように、陽だまりの温かさを感じさせた。

この出会いが一度自分の手により壊れること、また彼女が私の捻じ曲がった心を変え、誰かを愛しいと感じる気持ちを教えてくれることを、この時の私は知る由もなかった。

◆◇◆◇◆

「殿下、どうされたのですか？」

「何が？」

「いえ……花を眺めながら笑っておられたので」

「あぁ、声に出ていたか。いや、君と初めて会ったのも庭園だったなと思い出してね」

あれから5年、王宮の庭園ではなく、マルセル領主館の庭園で、ラシェルと花を眺めていた。

つい彼女との出会いを思い出して、愛おしさが漏れてしまったようだ。

「あの時の君も愛らしかったな。薔薇《ばら》にも負けない、色鮮やかなピンク色のドレスがとても似合っていたよ」

「よく覚えていますね」

ラシェルは恥ずかしそうに視線を私から、目の前の薔薇へと移すと、若干赤らんだ頬を隠すように俯く。

「私も未熟だったからね。あの頃に戻れたらとさえ思ってしまうよ」

「戻る！　時を……ですか」

ラシェルはなぜか肩を揺らして、ハッとした顔でこちらを見た。あれ、何か変なことを言ったろうか。

「だが、戻ったところで、自分の間違いに気付ける保証はないからな。今は、どうすればラシェルが私を好きになってくれるかを必死に考えることにするよ」

「殿下……」

ラシェルの頬に自分の片手を添えると、猫のような愛らしい瞳が私をまっすぐに見つめる。

手からラシェルの温もりを感じ、愛しさが自分の奥深くからさらに溢れ出てくる。

「ラシェル、好きだよ」

自分の中にこんなにも情熱的な感情があるなどと、あの頃の自分は想像もできないだろうな。私の言葉に瞳を若干潤ませ、恥じらうラシェルの姿を見るだけで、このまま時間が止まればいいのに、とさえ願う。

今にして思えば、彼女を婚約者にと望んだのは、もちろん魔力の資質もあるだろう。だがこの瞳。ラシェルの水色の瞳に、あの頃の自分も捕らわれたのだろう。そしてこれからずっと彼女の側で、この瞳を曇らせずに守るのが、自分であればいい。

さらに、彼女が自分と同じように、私に捕らわれてくれるよう願うばかりだ。

「殿下、私をからかうのはおやめください」

「ははっ、からかってなんかないさ。少しでも君に、私の君への想いを伝えたいだけだよ」

「うっ……」

「本当に君は可愛いな」

この感情が私を弱くし、そして強くしてくれる。嘘ではなく、本当に。私は君に出会えたこと、君を好きになったことで、私の世界は変わった。

そして、ますます綺麗になる君を、誰よりも側で、一番近くで見ていたい。

あとがき

はじめまして、蒼伊です。

『逆行した悪役令嬢は、なぜか魔力を失ったので深窓の令嬢になります』をお手にとっていただきまして、誠にありがとうございます。

このお話は、乙女ゲームの悪役令嬢という役割を与えられた主人公が、一度死んでしまう事で乙女ゲームの悪役という運命に抗い、人生をやり直す物語です。

まず話を作るうえで初めに思い浮かんだのが、主人公が病弱の話を書きたいと考えたことです。

『悪役令嬢』と『病弱』という2つのキーワードを軸にした時に、なぜ病弱になってしまったのかを掘り下げていきました。そこで、主人公であるラシェルが魔力を失ったらどうだろうと考えた結果、この物語が生まれました。

ラシェルは逆行したことで、自分は恵まれた環境にあったと実感することができました。人への感謝や思いやりは自分を変えるだけでなく、人にも影響すると思います。

そんなラシェルの変化に一番影響されたのは、王太子であるルイです。

彼は、為政者として正しくあろうとしてはいるけど、その環境から人として欠落しているものがあります。その辺りのルイの過去については本編でやんわりとしか触れられなかったので、今回書き下ろしの外伝として書くことができて良かったなと思っております。

人としての足りないものをルイが理解するうえでは、なんといっても『初恋』が大きいかと思います。初めての恋、初めての嫉妬。そんな感情がルイを人として成長させていきます。

初恋って甘酸っぱくて、キラキラしていて、でも時に暴走したりして、と考えたら素敵だなぁ、と。当人は真面目に悩み苦しんでいるとは思いますが……。

そんな決して完璧ではないラシェルやルイたちが悩みながらも前を向き、一歩ずつ進んでいく姿をお届けできていたら嬉しいです。

そして書籍化にあたって、今回イラストを担当していただいたＲＡＨＷＩＡ様のとても美麗で素敵なイラストには、本当に何度も感動しました。ありがとうございます。

一から丁寧に教えてくださった担当様、ツギクルブックス編集部の方々、そして出版にかかわってくださった全ての皆様に感謝申し上げます。

最後に、お手にとってくださった読者様。皆様に最大限の感謝を。

この本を手にとりお読みいただきまして、本当にありがとうございます。

２０２０年3月　蒼伊

SPECIAL THANKS

「逆行した悪役令嬢は、なぜか魔力を失ったので深窓の令嬢になります」は、コンテンツポータルサイト「ツギクル」などで多くの方に応援いただいております。感謝の意を込めて、一部の方のユーザー名をご紹介いたします。

まり
KIYOMI
会員～
ラノベの王女様

ツギクルAI分析結果

「逆行した悪役令嬢は、なぜか魔力を失ったので深窓の令嬢になります」のジャンル構成は、ファンタジーに続いて、恋愛、歴史・時代、SF、ミステリー、ホラー、現代文学、青春の順番に要素が多い結果となりました。

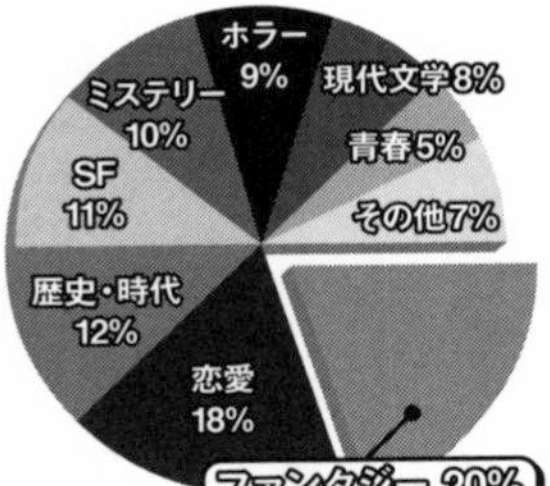

2022年1月、
最新10巻
発売予定！
もふもふを知らなかったら
人生の半分は無駄にしていた
1~9
著／ひつじのはね
イラスト／戸部淑
サイン入り！
クレジットカード対応
イラストのNFT販売のお知らせ
「もふもふを知らなかったら
人生の半分は無駄にしていた」の
イラストがNFT Studioに登場！
第7回
ネット小説大賞
受賞作！
KADOKAWA
「ComicWalker」で
コミカライズ
好評連載中！
冒険あり、癒しあり、笑いあり、涙あり
もふもふたちに囲まれた
異世界スローライフ！
定価1,320円（本体1,200円＋税10％）
ISBN978-4-8156-0334-2
ツギクルブックス
https://books.tugikuru.jp/

穢《けが》れた血だと追放された
魔力無限の精霊魔術士
著 冬月光輝《ふゆつきこうき》
イラスト てんまそ
コミカライズ企画進行中！
悪魔の刻印は最強の証！
私って、パワースポットだったんですか⁉
名門エルロン家の長女リアナは、生まれつき右手に悪魔の刻印が刻まれていることで父親のギルドから追放されてしまう。途方に暮れながら隣国にたどり着いたリアナは、宮廷鑑定士と名乗る青年エルヴィンと出会い、右手の刻印が精霊たちの魔力を吸い込み周囲に分け与えているという事実が判明。父親のギルドはパワースポットとして有名だったが、実際のパワースポットの正体はリアナだったのだ。エルヴィンの紹介で入った王立ギルドで活躍すると、リアナの存在は大きな注目を集めるようになる。一方、パワースポットがいなくなった父親のギルドは、次々と依頼を失敗するようになり——。
穢れた血と蔑まされた精霊魔術士が魔力無限の力で活躍する冒険ファンタジー。
定価1,320円（本体1,200円＋税10%） ISBN978-4-8156-1041-8

追放
悪役令嬢の旦那様
著／古森きり
イラスト／ゆき哉
1~3
「マンガPark」（白泉社）で
©HAKUSENSHA
コミカライズ好評連載中！
謎持ち悪役令嬢
第4回ツギクル小説大賞
大賞受賞作
規格外の旦那様と辺境ライフはじめます!!!
卒業パーティーで王太子アレファルドは、
自身の婚約者であるエラーナを突き飛ばす。
その場で婚約破棄された彼女へ手を差し伸べたのが運の尽き。
翌日には彼女と共に国外追放＆諸事情により交際0日結婚。
追放先の隣国で、のんびり牧場スローライフ！
……と、思ったけれど、どうやら彼女はちょっと変わった裏事情持ちらしい。
これは、そんな彼女の夫になった、ちょっと不運で最高に幸福な俺の話。
定価1,320円（本体1,200円＋税10%）　ISBN978-4-8156-0356-4
ツギクルブックス
https://books.tugikuru.jp/

異世界に
転移したら山の中だった。
反動で強さよりも快適さを選びました。
1〜5
著▲じゃがバター
イラスト▲岩崎美奈子
カクヨム
書籍化作品
「カクヨム」総合ランキング
年間1位
獲得の人気作
(2021/7/1時点)
2021年11月、
最新6巻発売予定！
勇者には極力
近づきません！
「コミック アース・スター」で
コミカライズ
好評連載中！
花火の場所取りをしている最中、突然、神による勇者召喚に巻き込まれ異世界に転移してしまった迅。巻き込まれた代償として、神から複数のチートスキルと家などのアイテムをもらう。目指すは、一緒に召喚された姉（勇者）とかかわることなく、安全で快適な生活を送ること。
果たして迅は、精霊や魔物が跋扈する異世界で快適な生活を満喫できるのか──。
精霊たちとまったり生活を満喫する異世界ファンタジー、開幕！
定価1,320円（本体1,200円＋税10%）
ISBN978-4-8156-0573-5
「カクヨム」は株式会社KADOKAWAの登録商標です。
ツギクルブックス
https://books.tugikuru.jp/

ツギクルブックス

愛読者アンケートに回答してカバーイラストをダウンロード！


愛読者アンケートや本書に関するご意見、蒼伊先生、RAHWIA先生へのファンレターは、下記のURLまたは右のQRコードよりアクセスしてください。

アンケートにご回答いただくとカバーイラストの画像データがダウンロードできますので、壁紙などでご使用ください。

https://books.tugikuru.jp/q/202004/gyakkouakuyaku.html

本書は、「小説家になろう」（https://syosetu.com/）に掲載された作品を加筆・改稿のうえ書籍化したものです。

逆行《ぎゃっこう》した悪役令嬢《あくやくれいじょう》は、なぜか魔力《まりょく》を失《うしな》ったので深窓《しんそう》の令嬢《れいじょう》になります

2020年 4 月25日　初版第1刷発行
2021年10月 8 日　初版第2刷発行

著者　蒼伊《あおい》

発行人　宇草 亮
発行所　ツギクル株式会社
〒106-0032　東京都港区六本木2-4-5
TEL 03-5549-1184
発売元　SBクリエイティブ株式会社
〒106-0032　東京都港区六本木2-4-5
TEL 03-5549-1201

イラスト　RAHWIA
装丁　株式会社エストール

印刷・製本　中央精版印刷株式会社

ISBN978-4-8156-0572-8
Printed in Japan